坂元裕二
Yuji Sakamoto

anone
［あのね］
1

河出書房新社

anone

［あのね］

1

contents

anone
[あのね]

秘密を
知る

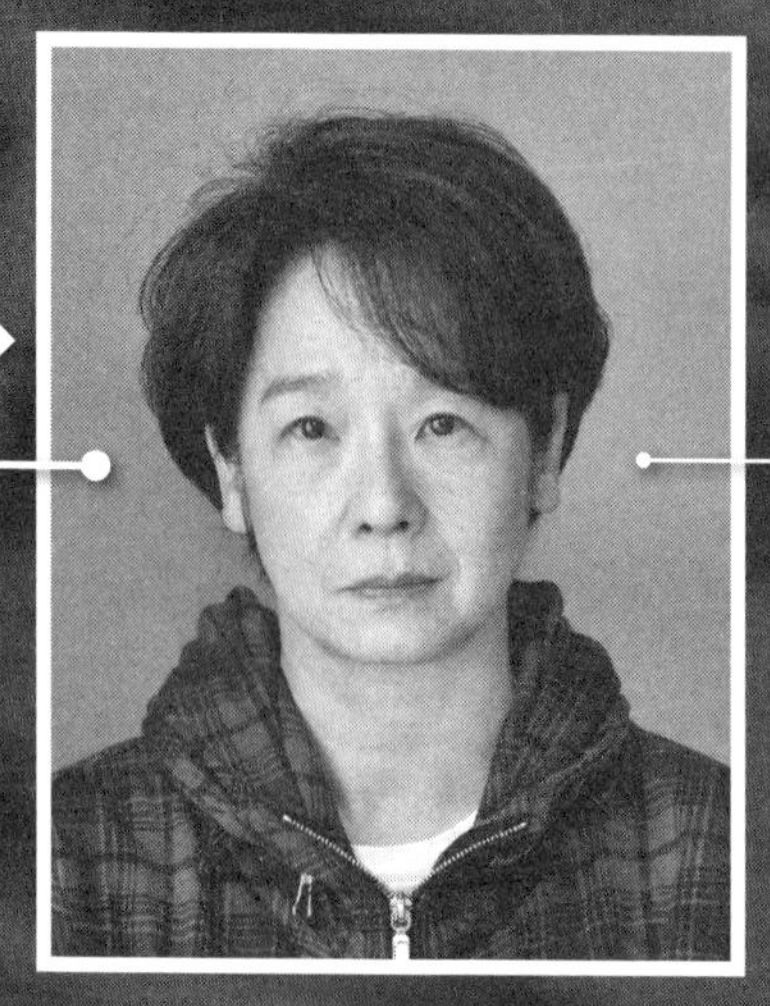

林田京平
木場勝己
亜乃音の
亡くなった夫

林田亜乃音(62)
田中裕子
法律事務所事務員

信頼。好意?

家出

青島玲(32)
江口のりこ
亜乃音の娘

花房万平(65)
火野正平
亜乃音が事務員として勤務する
法律事務所所長

人物相関図

チャットゲームの中だけの知り合い

紙野彦星
清水尋也
カノンさん

辻沢ハリカ（19）
広瀬すず
ネットカフェに住む少女

気にかける

意気投合？

青羽るい子（50）
小林聡美
謎の女

持本舵（45）
阿部サダヲ
カレーショップ店長

中世古理市（35）
瑛太
弁当屋店員

装幀　坂野公一（welle design）
扉・目次イラスト　平野淳

anone
[あのね]

1

anone
［あのね］

第1話

1　横浜近郊、病院・待合室

長椅子に座って検査結果を待つ男、持本舵（もちもとかじ）(45)。
手のひらにフリスクを出すと、五粒出てしまった。
余分な四粒をちまちまとケースに戻していると、隣の女性二人の話し声が聞こえる。

女性A「ここの先生は、検査結果が悪い時ほど、素敵な名言をまじえてお話してくださるんですって」

女性B「いい先生ね」

舵「（へー、そうなんだあ、と）」

2　同・診察室

医師と向き合っている舵。

医師「やまない雨はありませんよ」

舵「（はい？　と緊張し）」

医師「夜明け前が一番暗いんです」

舵「（え、まさか、と）」

医師「砂糖水を売るか、世界を変えるか」

舵「え？」

看護師「先生、スティーブ・ジョブズは（違うんじゃ？）」

医師「あ、（PCを見て）まあ、余命的には半年ほどになりますかね」

舵「あ……あーそうですか。へー。はは。ははは」

3　カレーショップ『東印度会社』・外景（夜）

本日をもちまして閉店致しますの旨の貼り紙。
紙が足りなかったのか、文末の文字が徐々に小さい。

4　同・店内

店内に客は誰もいない。
たくさんの催促状、督促状、支払い用紙を見ている舵。
壁に飾られた『人生って、ルー　持本小五郎（こごろう）』と書かれた先代の写真入り絵皿を見上げて。

舵「ごめんな、無理だった。俺もそっち行くわ」
舵、コンロの火を落とそうとした時、入って来る喪服のような服装の、青羽（あおば）るい子（こ）（50）。

舵「いらっ（と、声が上ずり、言い直し）いらっしゃいませ」
るい子、疲れた様子で、ふらふらと席に座る。

舵「……お客様、あちらの券売機で」

るい子「（聞いてなくて）何しよう。焼きうどん」

舵「（カレー用のおたまを握っていて）えっと」

るい子「焼きうどん」

舵「うーん、あの……」
もう聞いておらず、ため息をつくるい子。

舵「……焼きうどんおひとつ」

×　×　×

るい子、出された焼きうどんを食べて。

るい子「美味しい。（舵に）美味しい。ここ繁盛してますでしょ」

舵「ありがとうございます。今日で閉店なんです」

るい子「え、こんなに美味しいのに（と、見回すと）」

カレー屋だった。

るい子「……どうして焼きうどん屋さんにしなかったんですか」

舵「今生まれてはじめて焼きうどん作ったもので」

るい子「そういうもんですよね。置かれた場所で咲きなさいとか言うけど、なかなか」

舵「（顔をしかめ）」

るい子「うん？」

舵「すいません、自分ちょっと今名言怖くて」

るい子「名言っていい加減ですもんね。やまない雨はないとか」

舵「雨はやんでもまた降る。その方がすっきりします。努力は裏切るけど、諦めは裏切りませんしね。ははは」

×　×　×

笑いながら話している舵とるい子。

るい子「一日に三時間スマホを見てたら、一生のうちの十年間はスマホ見てることになるんですって」

舵「はー」

るい子「おトイレに使ってる時間は一生のうち三年なんです」

舵「じゃ、行くのやめて漏らし続けたら」

るい子「三年長生きってことですよ」

舵「ま、壮絶な人生にはなりますけどね。ね、もう」

二人、笑って。

るい子「じゃ、ごちそうさまでした」

るい子、席を立って、行こうとする。

舵「あ、お客さん。焼きうどんの、あの、お会計って」

るい子「え、あれってプライベートで作ってくださったんじゃなかったんですか?」

舵「え。まあ、店内なんで。プライベート、とは」

るい子「まあ、思ってた自分が勝手って言えば勝手なんですけど」

舵「勝手ではないですよ、いえ」

るい子「勝手でした。プライベートだなんてそんな」

舵、るい子の強引さを承知しながらも微笑んで。

舵「わかりました。あの焼きうどんはプライベートです」

るい子「プライベートごちそうさまでした」

舵「そうですよね。人生の時間なんて限られてるし、お会計なんてくだらない。もっとなんか、有意義なことに人生使うべきだったんですよね」

るい子「有意義なことって」

舵「いや、ま、それがわかってたら有意義だったんでしょうね。あ、でも、最後にあなたのようなお綺麗な方にご馳走できて良かったです」

るい子「最後」

舵「や、何でもありません。はは」

舵、フリスクを出すと、五粒出た。

るい子、カウンター内に催促状があるのが見えて、何か考えが浮かんで、舵の正面に座り直して。

るい子「ちょっとこのお店、明るすぎません？」

舵「（フリスク四粒を戻していて）え？　あ、はい」

舵、照明のダイヤルを回し、暗くしていく。

るい子「何だったらお付き合いしますけど」

舵「はい？」

るい子「わたしもね、死に場所？　そういうの探してたところなんですよ」

動揺した舵、どんどん暗くしてしまって、真っ暗に。

舵の声「あ、ごめんなさい」

5

道路（夜）

夜の中を進むカレーショップの配達用ワゴンの運転席に舵、助手席にるい子。

6

柘市（つげし）、歩道橋（日替わり、朝）

掲示板があり、柘市の表示がある。
向こうに林田印刷所が見える。

7

林田印刷所・二階の部屋

扉をちょっと開けて入って来る猫。
テーブルに飲みかけの缶ビールがあり、ソファーで寝ている林田亜乃音（はやしだあのね）（62）。
猫の鳴き声がし。

亜乃音「え？（と、目を覚まして）」
ソファーから落ちる亜乃音。
亜乃音「（イテテとなり、猫に）あれ、どっから入って来たの」

8　同・工場内

出勤用のスーツを着た亜乃音、階段を降りてくる。
カツンと音がして、何かが足下を転がっていった。
亜乃音、左手の薬指に手をあて、駆け降りる。
印刷に関する様々な輪転機、裁断機などが所狭しと並んでいて、床を見回して歩く。
工場は随分長く使用されていないようだ。
床の一角の隙間に指輪を発見した。
しゃがんでタイルを持ち上げ、指輪を抜き取ろうとして、あれ？　と思う。
タイルを押してみると、そこだけ浮き沈みがある。
数枚のタイルを剝がすと、穴があった。
穴の奥を覗き、手を突っ込んでみる。
何かを摑んで持ち上げてみると、がばっと数十枚はありそうな一万円札だった。
何!?　と驚いていると、頭上の電球がぱちっと消えた。

○　タイトル

9　横浜近郊、マンション・前

清掃会社のワゴン車が駐まっており、清掃道具などを運び、マンションと往復している作業着姿の若い男子（宮部）とブラジル人（ニコラス）。
清掃会社社員（山木）が近隣の女性と話している。
女性「（二階の窓を見上げ）なんか匂いがしてたんだよね」
山木「（笑顔で）ごみがね、えらいことになってまして」
女性が行くと、山木の愛想笑いが消える。
除菌剤噴霧バスターを運ぶ辻沢ハリカ（19）が来た。
山木「ハズレちゃん。（小声で）六十代男性。死後一ヶ月です」
ハリカ「はい」

10　同・外廊下

現場前、ハリカとニコラスが防護服に着替えている。

宮部、ハリカにゴム手袋を渡す。

ハリカは右手の薬指にだけ青いネイルをしている。

宮部「（見て、苦笑し）ネイルて。どうせ手袋すんのに」

ハリカ「知り合いがね、あんたの仕事は気持ちが荒むから、お守りだよって。（苦笑し）余計なお世話ですよね」

ハリカ、最後に防毒マスクをかぶる。

11　同・部屋

バスターを持ったハリカと清掃道具を持ったニコラスが入って来て、部屋の状況に顔をしかめる。

手を合わせて、黙禱していると、後から来た宮部が、部屋の状況を見て、その匂いに咳き込んで。

宮部「わー無理、俺こんなとこ入れないす」

ハリカ「いいよ、外回りお願いします」

逃げ出していく宮部。

ハリカ「（ニコラスに）遺品の仕分けお願い。はじめます」

ハリカ、バスターで除菌剤を散布しはじめる。

12　駐車場（夕方）

山木からギャラを受け取っているハリカとニコラス。

ハリカはキャップをかぶり、背中にリュックとスケボーを背負っている。

ニコラス、封筒を開けると、五千円で。

ニコラス「お金、一万円くれる約束だったよ！」

山木「あ、昼食代抜いといたから」

ハリカ「あのおにぎりって一個五千円だったんだ。へー！」

ハリカ、山木の腕を掴み、手首から腕時計を奪って。

ハリカ「ニコラス！（逃げるよ！）」

走り出すハリカとニコラス。

13　リサイクルショップ・外

五千円を手にし、出て来たハリカとニコラス。

スケボーを下ろし、乗るハリカ。

ニコラス「（ポルトガル語で）ありがとう、ハズレ！」

スケボーで走っていき、後ろ手を振るハリカ。

14 **道路**

風を受け、スケボーで走っているハリカ。
だんだん気分が良くなってきて、軽快に滑って行く。

15 **ネットカフェ『アラビアンナイト』・店内（夜）**

網島美空（19）と笠木有紗（19）がいて。

美空「あ、ハズレ。おかえり」 **有紗**「おかえり」
ハリカ「ただいま」
有紗「ハズレ、リュック」
受け付けの床にリュックを置きっぱなしだったので、慌てて戻るハリカ。

×　×　×

有紗の個室で弁当を食べているハリカ、美空、有紗。
開いたドアの外を田嶋が通って。

美空「田嶋くんも食べる？」
田嶋「賞味期限切れてるやつですよね」
有紗「ただで貰ったの」
有紗は前歯が一本欠けている。
田嶋「歯、どうしたんすか？」
有紗「お金欲しくて、知らないおじさんとカラオケ行った時、なんか急にマイクで殴られたの（と、笑う)」

田嶋、へえと頷きながらも引いていて、立ち去る。

美空「病気の猫拾って、病院代必要だったからカラオケ行ったんだよって言わないと。田嶋くん今引いてたよ」

有紗「猫、元気になって良かったよね」

美空「だからそういうことじゃなくて……」

二人のやり取りを面白がりながら食べているハリカ。

ハリカの声「ひと晩千二百円のこのネットカフェに住みはじめて、今日でちょうど一年」

× × ×

互いの髪を文房具の鋏でカットしている美空と有紗。

キャップを取られ、ぼさぼさの髪のハリカ。

二人が切ってあげると言うが、拒否するハリカ。

ハリカの声「二人とはここで知り合って、今ではシャワー室のお湯が出なかった時は連絡し合うし、シャツのシミがいつ何を食べこぼして出来たものかお互いに知ってる。忘れ物した時は教えてくれる」

× × ×

肩を寄せ合って寝てしまっている美空と有紗。

二人の寝顔を優しく見つめ、写真を撮るハリカ。

ハリカの声「友達、っていうのとは少し違うけど、もう随分長い間パジャマを着て寝たことがないのは三人共おんなじ」

個室を出るハリカ。

ハリカの声「カノンさんはどんなパジャマを着てますか？」

×　×　×

ハリカの個室内、スマホの画面を見ているハリカ。

男（紙野彦星（かみのひこぼし））の声がかぶさって。

彦星の声「薄いブルーの普通のです。病院の売店で買いました」

ハリカ、指先で素早く文章を打ち込む。

ハリカの声「へー。病院ってパジャマも売ってるんですね」

彦星の声「はい。パジャマは僕らのユニフォームですからね」

スマホの画面には、ＳＮＳゲームアプリ『ヨルイロノ虹』が起動されている。

舞台設定は世界消滅後で、暗い空の下に荒涼とした大地が広がり、様々なモンスターが生息している。

枯れ木の下に、モンスター♀とモンスター♂の二体が立っており、♀の方に『ハズレ』、♂の方に『カノン』と名前が表示されている。

ハリカと彦星の会話がその画面上に浮かぶ。

彦星の声「ハズレさんは今日何してたんですか？」

ハリカの声「ニコラスさんという方とお仕事で一緒でした。ブラジルではデートに家族が同行することが多いそうです」

彦星の声「へー。親とか兄弟とか？」

ハリカの声「いとこも」

彦星の声「いとこも？　相手の人は怒らないのかな」

ハリカ、楽しげに微笑(わら)って、打つ。

ハリカの声「相手ははとこを連れてるんじゃないでしょうか」

×　×　×

有紗の個室、目を覚ます美空と有紗。

美空「(見回して) ハズレは?」

有紗「またカノンさんと話してるんじゃないの?」

美空「カノンさんってあれ?　ネットのだっけ?」

有紗「なんか病気で、ずっと病院に住んでるっていう男の子」

美空「病気って本当なのかな。その子、そういう設定でネットしてるとか、てゆうか詐欺師的なやつじゃないの?」

有紗「え、詐欺?　え、ハズレ、大丈夫かな……」

×　×　×

ハリカの個室、ゲーム内で彦星と話しているハリカ。

彦星の声「ハズレさんがしてくれる外の話が毎日の楽しみです」

ハリカの声「良かった」

彦星の声「あと、あのおばあちゃんの話も。おばあちゃんの話、また聞きたいです」

ハリカ、また?　と苦笑して。

ハリカの声「はい。あのね」

16　ハリカの回想

走る車の窓から顔を出している、八歳の頃のハリカ。

運転席と助手席の両親の顔は見えない。

窓の景色が、風力発電のプロペラ、川沿いの道、森の中と移り変わり、道沿いには案山子（かかし）が立っている。

ハリカの声「わたし、八歳から十二歳の頃まで、森の中でおばあちゃんと二人で暮らしてました」

×　×　×

森の奥、到着した車から降りてきたハリカ。

正面に洋館が建っており、高揚して見上げる。

笑顔で出迎えてくれるおばあちゃん（為貝真砂子（ためがいまさこ））。

真砂子、緊張しているハリカの前にしゃがんで視線を合わせて、イーッ！　とする。

ハリカも面白がって、イーッ！　とする。

笑顔で洋館を見上げるハリカと真砂子。

ハリカの声「おばあちゃんのうちは絵本から出て来たような家で、屋根が星の形をしていました」

両親を乗せて、走り去っていく車。

真砂子と共にバイバイと手を振るハリカ。

風見鶏があって、ゆっくりと回っている。

×　×　×

真砂子に手を引かれて森の中を歩くハリカ。

大きなリクガメが隣を一緒に歩いていた。

ハリカの声「森に住むリクガメの名前はブラン伯爵といいました。この亀は元々は人間で、イギリスの貴族だったのよとおばあちゃんが言いました」

また進むと、薪を割っている大男の姿があった。

ハリカの声「彼の名前はゴーレム。土から生まれたの。自分でそれを知ると、土に還ってしまうから絶対に教えちゃ駄目よとおばあちゃんが言いました。わたしはそんな物語をもちろん全部真に受けていました」

森を抜けた広場に、ツリーハウスがあった。

目を丸くして見上げるハリカ。

ハリカの声「まるで魔法を使って、一夜にして出来上がったようなツリーハウスがわたしの家でした」

ハリカ、梯子を登って家に入ると、室内の壁も家具も、テーブルのお皿もスプーンもすべて木製品だ。

ハリカの声「森には学校も勉強もありませんでした」

ツリーハウスの部屋のテーブルで紅茶を飲み、クッキーを食べているハリカと真砂子。

ハリカ「学校の友達がね、おまえは変な子だって言うの」

真砂子「あら、良かったじゃないの。変な子って褒め言葉よ」

真砂子、外国製のクッキーの缶を取り出す。中に詰まったクッキーのひとつを摘まんで見せる。形の崩れたクッキーだ。

ハリカ「失敗？」

真砂子「アタリ。これはアタリなの」

ハリカ「これだけ違う形だよ?」
真砂子「人にはね、持って生まれたものがあるの。それは誰かに預けたり、変えられちゃ駄目なの。あなたは確かに少し変な子だけど、それはあなたがアタリだからよ」
ハリカ、クッキーをひと口で食べ、ドアの外に出ると、地上にいるリクガメに向かって。
ハリカ「ブラン伯爵! 当たりました! わたし当たってしまいました!」
ハリカの声「今でもあのツリーハウスでの幸せな日々のことを思い返します。大切な思い出って支えになるし、お守りになるし、居場所になるんだなって、思います」

17　ネットカフェ『アラビアンナイト』・店内

ハリカの個室、ゲームの中で話しているハリカ。
彦星の声「おばあちゃん、今はどうしてるんですか?」
ハリカの声「わかりません。わたし、十二歳の時にまた別のところに住むことになって、それきりなんです」
彦星の声「おばあちゃんの家はどこにあったんですか? 会いに行こうと思わない?」
ハリカの声「つげ、っていう町だったと思うんですけど。多分あの場所にはもういない気がします。でもまあ、いつかまたあの森に帰りたいなって気持ちはあります」
少し間があって、ハリカ、あれ? と思っていると。
彦星の声「おばあちゃんはアタリって言ったのに、どうしてハズレさんはハズレって名乗ってるんですか?」
困惑するハリカ。
ハリカの声「なんとなくです。みんなにもそう呼んでもらってて」
彦星の声「ごめんなさい。質問攻めにしちゃって。じゃあ、また」

ハリカの声「待って。カノンさん、この頃体調はどうですか？」
彦星の声「いいですよ。薬を減らしたので吐かなくなったし」
ハリカの声「良くなったんですか」
彦星の声「逆かな」
　ハリカ、……。
　そのままモンスター♂の姿が消え、カノンさんはログアウトしましたとの表示が出る。
　ハリカ、心配で、……。

18　古いアパート・室内（日替わり）

　清掃をしているハリカとニコラス、検分しているいい時計に替えた山木。

　ハリカ、本棚の荷物をまとめて結んでいると。

山木「ここの人、入院するお金なくて在宅で亡くなったらしいよ。命も不平等なんですかねー」

　ハリカ、作業を続けていると、週刊誌が置いてあり、見出しに『がんが完治する先進医療！』とある。

　開いてみると、保険適用外のためレーザー治療が一回につき二百万円〜三百万円という記事がある。

19　雑居ビル・屋上

　ネットカフェのあるビルの屋上で三人分の洗濯物が干してあって、ハリカ、腰掛けてスマホで『先進医療』を検索していると、美空が傍らに来た。

美空「見て（と、週刊誌を差し出す）」

　ハリカ、見ると、『頻発するネット詐欺』という見出しで、『アプリでプロポーズされ、金を騙し取られた女性』などといった記事がある。

美空「カノンって人さ、これの病気バージョンじゃない？　手術にかかるとか言って、そのうちお金要求してくるよ」

猫が来て、ハリカ、抱き上げて撫でながら。

ハリカ「（苦笑し）別にさ、本気にしてないよ。かわいそうな人の漫画とか読んで楽しむのと同じ」

美空「ま、そうやって割り切ってるならいいけどさ」

ハリカ「確かに変なんだよ。家のこととか聞き出そうとするし。基本嘘だと思ってるよ。だって本当に病気の子だったら、聞いてて重過ぎだし、あげたくてもお金ないしね」

と言って、美空には見せないが、実は病気の子が実在するのが不安なことで、……。

その時、階段を駆け上がって屋上に来た有紗。

美空「あ、帰って来た。（有紗に）どこ行ってたの！」

有紗「（警戒するように見回し）誰もいない？（美空の肩を引き寄せて）わたし、人生変わるかも」

美空「は？」

ハリカは猫を撫でながら淡々と聞いている。

有紗「昨日バイト終わりでさ、海までドライブしよう的なのになって、車で三人で行ったの。そしたら他の二人、なんかキスとかはじめちゃって」

美空「地獄ドライブだ」

有紗「しょうがないから、わたし海散歩してたの。テトラポットとか探検して。そしたら海のその、（見回し）誰にも言っちゃ駄目だよ？　現金見つけちゃいました」

美空、……、ハリカ、……。

有紗「（両手を広げ）これぐらいの、保冷バッグ？　そこに一万円札がパンパンに入ってたの。多分三百？　四百五十万円くらいはあったと思う」

美空、有紗の持ち物を見る。

有紗「置いて来たよ、そのままそこに。他の二人に見つかって、キスついでに山分けされたら嫌だし……」

美空「え、待って何それ、待って待って、何のお金?」

有紗「誰かが捨てたんじゃないの? 今から行ってみよ?」

美空「え、盗む気? そんな正体不明の怪しいお金……」

有紗「わたしさ、あのお金で、差し歯入れるの」

有紗、口を開き、無い前歯を見せる。

有紗「わたし、殴られたんだよ? すごく痛かったのに、保険証無いのに、バイトの子たち、わたし見て笑うんだよ?」

美空「真面目に働いてたらまたいいことあるって」

有紗「ないよ。いいことある人は最初からいいことありっ放しなの。ない人は最後まで無いっ放しなの。言ったって、お金なんだよ。お金じゃ買えないものもあるけど、お金があったらつらいことは減らせるんだよ」

ハリカ、……。

美空「海って、湘南(しょうなん)?」

有紗「違う、なんか字が読めなかったんだけど、(アイブロウを出し、週刊誌のグラビアに)こういう字の町」

有紗、『柘』と書く。

美空「……ハズレ、これ読める? (と、見せる)」

ハリカ「(字を見て、あっと思って、ぽつりと)つげ……」

20　同・外の通り

リュックを背負ったハリカ、美空、有紗。
ハリカはスケボーに足をかけ、美空と有紗は自転車にまたがる。
有紗、ポケットに痴漢撃退スタンガンをしまう。

美空「え？」
有紗「なんかあった時用ね。(ハリカに) 行こ」
ハリカ、キャップをかぶり、地面を蹴って走り出す。
美空と有紗も走り出す。

21　商店街

走って来るスケボーのハリカ、自転車の美空と有紗。
走り抜けていく。

22　線路沿いの道路

走って来るスケボーのハリカ、自転車の美空と有紗。
ハリカ、自転車の荷台を摑んで、引っ張ってもらう。

23　国道

車やトラックが行き交う路肩を自転車で走る美空と有紗、引っ張ってもらっているスケボーの
ハリカ。

24　坂道

勾配を下るスケボーのハリカ、自転車の美空と有紗。

三人、前方の景色に、わあ！　と思う。

海に向かって滑り降りていく。

25　海岸沿いの道路（夕方）

走って来るスケボーのハリカ、自転車の美空と有紗。

前方に臨海工場地帯が見えてきた。

煙突が炎を吹き上げ、ランプが点滅し、巨大な工場の建屋群が浮かび上がっている。

26　工場地帯が見える海岸（夜）

係留されている船の上、毛布にくるまってチョコスティックパンを食べている美空と有紗。

柘市の地図をスマホに表示させて相談している。

有紗「このへんだから、もうちょっとだね」

美空「朝のうちに着きたいね」

別の場所にひとり座って、スマホを見ているハリカ。

画面にはハシビロコウの写真。

何これ？　とハリカ、ゲームアプリに戻って、彦星と。

ハリカの声「カノンさん。何ですかこれは」

彦星の声「ハシビロコウっていいます。鳥です。今ね、窓の外にいるんですよ」

ハリカ、冗談と理解し、微笑って。

ハリカの声「カノンさんのいるとこって動物病院なんですか？」
彦星の声「ハズレさん、内緒でしたが、実は僕も動物で」
ハリカの声「え、何動物ですか」
彦星の声「シロガオサキです」
　ハリカ、シロガオサキの画像を見て、笑って。
ハリカの声「え、ちょっとイメージ違いますね」
彦星の声「看護師さんはホッキョクウサギです」
　ハリカ、ホッキョクウサギの画像を見て、笑って。
ハリカの声「脚長いですね」
彦星の声「僕たちみんな、ハシビロコウに睨まれています」
　ハリカ、楽しげに笑っていて、ふと気付くと美空と有紗がこっちを見ている。
ハリカ「（照れてキャップで顔を隠し）何すか」
美空「（チョコスティックパンを投げ）お邪魔しました」
　と言って、にやにやしながら戻って行った。
彦星の声「ハズレさん、今日はお仕事は休みだったんですか」
ハリカの声「午前中に行ってきました」
　ハリカ、少し迷いながら。
ハリカの声「仕事先に雑誌が置いてあって、最近は先進医療というのがあるのを知りました」
彦星の声「へー。重粒子線治療みたいな」
ハリカの声「はい。それです」
彦星の声「前に同じ病室にいた人がその治療で完治してました」
ハリカの声「そうなんですか」

彦星の声「それはでも保険の適用外だから、お金がすごくかかります。僕には関係のない話です」
ハリカ、……。

27　柘市、ドライブイン・店内

向かい合って座っている舵とるい子。
舵、フリスクを出そうとすると、五粒出た。

るい子「元々は丸の内に勤めてたんです、商社」
舵「(四粒戻しながら) あー、じゃあ、エリートで」
るい子「自分ではそう思ってました。わたし、誰より仕事出来るなって。三十なった時に、わたしより仕事出来ない年下の人が先に出世しました。こういうこともあるかなって思ってたんですけど、それがその後十四回続きました。わたし四十半ばになって、もうあとは誰もいないぞって思ってたら出世しました。書類管理の倉庫の部長で、部下はいませんでした」
舵「どうして」
るい子「女だから。っていう話になったら面倒だと思うんで、なんか食べましょうか (と、微笑って)」
舵「はい。あ、フリスク食べちゃった (と、微笑って)」
二人、メニューを広げる。
舵「色々あって、迷っちゃいますね」
るい子「最後の晩餐(ばんさん)ですもんね」
舵「……お寿司とかの方が良かったんじゃ」
るい子「死にたいって言ってるのに、お寿司なんか食べたら死にたくなくなっちゃうじゃないですか」

舵「……」

28　同・駐車場

店を出た舵とるい子、配達用ワゴンに向かって歩く。
舵はどこか思い詰めた様子で後を付いていって。

るい子「ここって、何て町でしたっけ」

周囲を見ると、柘市と表示する看板がある。

るい子「あれ、何て読むんでしょう。タク……」

舵「（顔を上げ）青羽さん。やっぱり駄目です。死んじゃ駄目ですよ」

るい子「ここまで来て駄目とか言わないでください。この半年、死にたい死にたい、それしか考えてなかったんです」

舵「それは、死にたい死にたいって言ってないと生きてられないからですよね。生きたいから言うんですよね。きっとね、出世とか、そういうこと以外にもいいこと……」

るい子「（遠くを見て）わたし、刑務所帰りなんです」

舵「（え、と）」

るい子「会社の倉庫に火つけて、五年入ってました。もうどこにも行くとこ……（空に）あ」

舵「え？（と、視線を追って空を見上げ）あ」

29　林田印刷所・外

ごみ袋を両手に提げて、捨てに出て来た亜乃音。

亜乃音「（空を見上げて）あ」

30　工場地帯が見える海岸

毛布にくるまった美空と有紗、空を見上げ。

有紗「流れ星！」

ハリカ、思わず船上で立ち上がって、手を伸ばしてスマホを空に向けて掲げる。

夜の空と景色に、ハリカと彦星の声が重なって。

ハリカの声「カノンさん。今、流れ星が見えました」

彦星の声「地球も流れ星になればいいのに」

31　林田印刷所・二階の部屋（日替わり、朝）

台所で、食パンにバターを塗って苺ジャムを塗り、半分に折って、立ったまま食べる亜乃音。

猫が来た。

亜乃音「また入って来たの？　食べる？（と、パンを差し出す）」

しかしむすっとしている猫。

32　歩道橋

猫の缶詰が入ったレジ袋を提げ、家に戻る亜乃音。

町内掲示板に迷い犬の張り紙を貼っているヤンキー風カップル（曽根(そね)、長田(ながた)）と、犬を散歩中の中年女性（川村(かわむら)）が話している。

曽根「海岸線の方で見たって人がいて」

川村「あそこじゃない？　テトラポットの」

その声を聞き、立ち止まる亜乃音。

曽根「あんなところにいますかね」
川村「ウチの子もね、前あのへんで見つかったの」
長田「(曽根に)行ってみようよ」
背中越しに聞いていた亜乃音、急ぎ足で歩き出す。

33　海岸沿いの防波堤の上

道路から防波堤に上がって来て、前方の海岸線に並ぶテトラポット群を見渡すハリカ、美空、有紗。

自転車とスケボーを残し、走って行く三人。

34　テトラポット

巨大なテトラポットの間を進むハリカ、美空、有紗。
美空「(周囲を見回し)大丈夫かな」
有紗「大丈夫大丈夫」
ハリカ「大丈夫は二回言ったら大丈夫じゃないってことだよ」
ハリカと有紗は笑っているが、どこか必死な美空。
その時、向こう側から誰か来るのが見えた。
慌てて身を潜める三人。
近付いて来たのは曽根と長田である。
ハリカ「お金隠した人たちなのかも……」
有紗「どうしよ。逃げる?」
美空「逃げるって。何のためにあれ持ってきたの」

美空、有紗のポケットのスタンガンを出す。

有紗「え、待って待って。死んだらどうすんの」

美空「（スタンガンを手に真顔で）こんなんじゃ死なないよ」

ハリカ、有紗、そんな美空に、……。

美空「（微笑って）いちおうね、いちおうだよ」

近付いて来た曽根と長田。

ハリカ、美空、有紗、緊張して強ばっていると。

曽根「ココアちゃん！」

長田「ココアちゃん！」

え？　となる三人。

ハリカ「犬かな？」

有紗「犬探してたんだよ（と、苦笑して）」

いないねと首を振り、引き返す曽根と長田。

安堵して立ち上がるハリカ、美空。

美空「行こう」

有紗「（別方向を見ていて）待って。あった」

有紗が向かう先に、テトラポットの間に挟まっている銀色の保冷バッグが見えた。

三人、辿り着いて、保冷バッグを引っ張り出す。

周囲を見回し、身を潜め、開ける。

無造作に、ぎっしりと一万円札が詰まっていた。

呆然と見つめるハリカと美空。

有紗「（嬉しそうに）嘘じゃなかったでしょ？　すごくない？」

ハリカ「すごい」
美空は目の色を変えて一万円札を見ていて、……。
有紗「これでさ、三人でマンション借りようよ」
ハリカ「まず差し歯でしょ。マンション？（と、内心嬉しい）」
有紗、バッグを摑んで行こうとすると。
美空「待って。今、犬の鳴き声聞こえた気がする」
有紗「ココアちゃん？」
美空「さっきの人、戻ってくるかもしれない。犬見て来て」
有紗、頷いてバッグを置き、テトラポットを登る。
美空「ハズレはあのへん見て来て」
ハリカ、頷き、テトラポットを登る。
美空、その後ろ姿を見ながらバッグに手を伸ばす。
すると有紗が振り返り、美空を見下ろし。
有紗「え、何で自分だけ残ってんの？」
美空「何が？」
有紗「（苦笑し）何がじゃなくて」
有紗、美空がバッグに伸ばしている手を見る。
美空、気まずそうに引っ込める。
美空「え、何のことだろ」
有紗、降りてきて、バッグを摑む。
美空「違う違う」
有紗「違うって二回言ったら……」

美空、スタンガンを突き出し、有紗に当てる。

ばちっと音がして腰砕けになってしゃがむ有紗。

ハリカ、！　と。

地面に這いつくばって、痛みで呻いている有紗。

落としたバッグから一万円札が数枚こぼれている。

美空「(震える声で) 何だ、気絶しないじゃん……」

美空、落ちているバッグを拾って、向こう側に登る。

ハリカ「美空！」

美空「ごめんね！　留学したいの！」

と微笑って、バッグを持って砂浜に向かう。

ハリカ、美空が気になるものの、呻いている有紗に手を添えて、大丈夫？　と。

有紗「クソ、あいつ殺す」

有紗、立ち上がり、猛然とよじ登っていく。

ハリカ、落ちていた四枚の一万円札を拾って、行く。

35　海岸沿いの防波堤の上～道路

上がって来るハリカ。

道路の方を自転車の有紗が走って行くのが見える。

ハリカ、スケボーを摑んで、走って追う。

道路の逆側より、その様子を見るようにして、林田印刷所のロゴ入りワゴンが停まっていた。

36　凸凹道

保冷バッグを持って、自転車を必死に漕ぐ美空。
しばらく遅れて、猛然と立ち漕ぎする有紗が来た。

有紗「美空ー！」

美空、有紗に気付き、立ち漕ぎにする。
有紗、追い付いてきて、美空の自転車に手を伸ばす。
荷台に触れ、遂に摑めそうという瞬間。
前方に茶色いトイプードルがきょとんと座っていた。

有紗「ココアちゃん！」　**美空**「どいて！」

美空、有紗、それぞれ逆方向にハンドルを切った。
見事にトイプードルを避けて走り抜けていく美空、野菜畑に転落する有紗。

37　幹線道路

笑顔で走って来た美空、広い道路に出た。
自転車を放り出し、バッグを抱えて車道に立つ。
林田印刷所のワゴンが通り過ぎ、少し先で停まった。
美空、走って来たタクシーを停める。
乗ろうとすると、背後から腕が摑まれた。
亜乃音である。

美空「何ですか？」

亜乃音「（必死に）返して」

美空「何がですか?」
亜乃音「そのお金は使っちゃ駄目なんです」
美空「ちょっと意味がわかんないです」
美空、亜乃音を突き飛ばし、タクシーに乗り込む。
バッグから出した一万円札を運転手に差し出し。
美空「(運転手に)これで!」
出発するタクシー。
亜乃音、脱げたサンダルを履き直し、停めてあったワゴンに乗り、タクシーを追う。

38 凸凹道

ハリカ、スケボーを抱えて走って来る。

向こうの通りに、トイプードルを抱いた曽根と長田が立ち去って行く姿が見えた。

ハリカ、それを横目に見ながら走っていると、野菜畑に自転車と共に倒れている有紗の姿があった。

ハリカ、畑に降りて、有紗を抱き起こそうとすると、有紗はそれを払いのける。

有紗は顔が泥だらけで、ハリカを見ずに、ひとりで自転車を起こして道に戻す。

ハリカ「有紗……?」

有紗、自転車に跨がり、顔を袖口で拭い、外れかけのつけまつげを取って投げ捨てた。

有紗「(ハリカを見ずに)勘違いしてた。どうせ裏切るんだから、友達なんかいらなかったんだ」

ハリカ「……」

ハリカ、さっきの四枚の一万円札を差し出す。

有紗、二枚だけ受け取って二枚をハリカに返して。

有紗「どっかで会っても声かけないでね。削除よろしく」
　そう言って、自転車を漕いで去っていく。
　ひとり残されたハリカ、キャップを深くかぶる。

39　柘南駅・駅前

　ワゴンを駐め、降りてくる亜乃音。
　タクシーから降りて改札に向かう美空の姿が見える。
　亜乃音、美空を気にしながらも動き出そうとしたタクシーの窓を叩く。
亜乃音「(財布を出し) あの、両替していただけませんか?」
運転手「(迷惑そうに) そこの駅で……」
亜乃音「(千円札を十枚出して) こ、これと」
運転手「ならいいけど……」
　運転手、トレイに載っていた一万円札を差し出す。
亜乃音「(交換し) どうも」

40　同・駅の構内〜ホーム

　美空、改札を抜けてホームに出ると、電車が来ている。
　駆け足で何とかぎりぎり車内に飛び込むと、ちょうど後ろでドアが閉まった。
　安堵し、席に着こうとしたが、引き戻される。
　保冷バッグが持ち手のところでドアに挟まれていた。
　ホームで、バッグ本体を摑んでいる亜乃音、引く。
　美空の手から抜け、亜乃音の元に行ってしまう。

動き出す電車。
バッグを手にし、引き返して行く亜乃音。
脱げたサンダルを戻って履き直し、また行く。
呆然と見送るしかない美空。

41　コンビニエンスストア・外～店内

外に有紗の自転車が置いてある。
有紗、つけまつげをレジに置き、店員に出す。

店員「四百十円です」
有紗、さっきの二万円を出し、一枚をトレイに置く。
誰かがばたばたと店内に入って来た。

店員「一万円お預かりします……（と、取ろうとすると）」
亜乃音が横から手を伸ばし、一万円札を取った。
財布から別の一万円札を出して、差し出し。

亜乃音「こっちで」
有紗、何で？と。
店員、よくわからないが受け取り、レジに入れる。

店員「（会計し）九千五百九十円のお返しです」
亜乃音、釣りを受け取ると、有紗が持っていたもう一枚の一万円札もひったくって洗面所に行く。

亜乃音「お手洗いお借りします」
有紗、慌てて後を追って洗面所に入る。

有紗「え、何、何ですかおばさん」

　亜乃音、持っていた二枚の一万円札を引き裂いた。

　びりびりと破いていく。

有紗「え、え、え、何してるの⁉　お金だよ⁉　お金だよ⁉」

　亜乃音、細切れになった一万円札をトイレの便器に落としていき、最後にレバーを下ろして流した。

有紗「お金ー！」

　洗面所を出て、店を出る亜乃音。

　有紗、追って出ると、亜乃音はワゴンのドアを開け、乗り込むところ。

　有紗、ドアを摑んで、亜乃音を止めようとする。

有紗「おばさん何……あ！」

　助手席に保冷バッグが置いてあった。

　その時、カレーショップの配達ワゴンが走ってきて、隣の駐車スペースに停まった。

　車内に舵とるい子がいる。

　有紗、手を伸ばし、保冷バッグを奪おうとする。

　亜乃音、ドアを閉めようとして、有紗が挟まった。

有紗「（痛くて）あー！」

亜乃音「（驚いて）あー！」

有紗「痛い痛い、痛い痛い痛い痛い痛い痛い」

　亜乃音、あまりに痛がるので、ドアを開ける。

　有紗、バッグを持ったまま腕を抜き取るが、痛みの余りに落としてしまう。

　亜乃音、拾おうとすると、有紗、蹴飛ばした。

保冷バッグ、ワゴンの下を滑って反対側に出る。
同時に配達ワゴンから出て来た舵。
滑ってきた保冷バッグを見て、ん？　と拾う。
亜乃音と有紗が来て。

亜乃音「ありがとうございます」　**有紗**「ありがとう」

舵「え？　(二人を交互に見て) えーっと」

助手席の窓からるい子が顔を出し。

るい子「はい？」

舵「なんか……(と、振り返って)」

その拍子にバッグの口が開いて、大量に詰まった一万円札が見えた。
舵、……、るい子、……。
亜乃音と有紗、奪おうとする。

るい子「乗って！(と、後部座席のドアを開ける)」

舵「へ？　は、はい！」

運転席に移動するるい子、後部座席に乗り込む舵。
窓を叩く亜乃音と有紗。
るい子、バックして切り返し、走り去る。
亜乃音、急いでワゴンに乗り込み、走り去る。
有紗、呆然と見送っていると、店員が出て来て。

店員「お客さま (と、つけまつげを差し出す)」

42　道路

スケボーを抱えてひとり歩いているハリカ。

向こうから走って来るカレーショップの配達ワゴンと、少し遅れて印刷所のワゴン。

ハリカ、なんとなく見る。

配達ワゴンの運転席のるい子と後部座席の舵。

るい子、ハンドルを切って急カーブを曲がる。

しっかり閉まっていなかった後部座席のスライドドアが開いて、座席の保冷バッグが滑る。

舵、手を伸ばすが、ドア外にバッグが放り出された。

舵「あー！」

後から来た印刷所のワゴンが停まり、降りる亜乃音。

配達ワゴンも停まって、降りる舵。

亜乃音と舵、中央の保冷バッグに駆け寄る。

舵の靴が脱げ、亜乃音のサンダルが脱げた。

その時、路上を滑るスケボーの音。

中腰の姿勢でスケボーに乗って現れたハリカ、そのましゃがんで保冷バッグを摑んだ。

バッグを手に立ち、地面を蹴り、走り抜けていく。

亜乃音、舵、あー！　と。

追おうとすると、大型トラックが来て、道を塞いだ。

保冷バッグとスケボーを抱え、あっという間に走り去ってしまったハリカ。

43　凸凹道

スケボーと保冷バッグを持って、走って来たハリカ、振り返ると、誰も追って来ていない。

ハリカ、スマホを出し、ＬＩＮＥを起動し、美空と有紗とのグループを表示させる。

二人共、トークルームを退出していた。

ハリカ、美空と有紗の写真を表示させ、削除する。

畑にひとり、キャップで顔の見えないハリカ。

どこからかブオーンという重い音が聞こえてきた。

振り返り、あたりを見回すハリカ。

44　風力発電のある道路

音を追いかけるようにして急ぎ足で来たハリカ。

目の前の景色を見て、立ち止まる。

道路のずっと先まで、風力発電の巨大なプロペラが何機も連なって立っており、旋回している。

見つめるハリカ、……。

×　×　×

回想フラッシュバック。

子供の頃、車窓に見た風力発電の巨大なプロペラ。

×　×　×

ハリカ、スマホで地図を起動させ、現在地の風力発電所周辺を表示する。

地図上で周辺を探ると、川が流れている。

川の上流にスワイプしていくと、森林地帯がある。

×××

回想フラッシュバック。
子供の頃、車の窓から見えた森。

×××

ハリカ、地図上で森の奥へ進むと、建物があった。
拡大すると、建物の屋根の形は星型をしていた。
傍に小さな建物もあって、これも屋根が星型。

×××

回想フラッシュバック。
真砂子と共に見上げたあの洋館。

×××

確信して顔を上げるハリカ、歩きはじめる。

45　川沿いの道

歩いて来るハリカ、川の上流に向かって進む。
スケボーはリュックに結び付けてある。

46　山の中の道路

ハリカ、案山子のある道中を歩いて来ると、森の中へと続く道があった。

足下に朽ちた看板が落ちているのに気付く。

起こしてみると、『清き精神のふるさと　ためがい学舎』と書かれてあった。

何だろうと思いながら元に戻す。

不安を感じながらも森の中へ入っていく。

少しして印刷所のワゴンが走って来て停まった。

車内の亜乃音、森に消えるハリカの後ろ姿を見ている。

47　森の中の道

木々に囲まれた道を歩いて来るハリカ。

風で木々がざわめき、鳥が羽ばたく音がする。

48　森の奥の家

ハリカ、開けた場所に出ると、洋館が建っていた。

回想の中の風景と同じだ。

ハリカ、思いが込み上げながら歩み寄る。

洋館は近付いてみると、あちらこちらがひび割れ、錆び、朽ち、随分と劣化していた。

不安を感じながら扉の前に行こうとした時。

亜乃音の声「ちょっとごめんなさい」

ハリカ、振り返ると、森の方から出て来た亜乃音。

亜乃音「(保冷バッグを) それね、ごめんなさいね、捨てるつもりだったんだけど、海に落としちゃって。返して」

歩み寄ってくる亜乃音、後ずさりするハリカ。
その時、ハリカの背後で玄関の扉が開いた。
ハリカ、はっとして、期待と共に振り返る。
玄関から出て来たのはスーツ姿の中年男性と若い男性（甲村と高谷）だった。
ハリカ、え、と。
亜乃音、警戒し、木の裏などに身を潜ませる。
不動産会社の封筒、図面などを持った甲村と高谷。

甲村「（ハリカを見て）こんにちは。どちら様？」
ハリカ「（目を伏せ）……」
高谷「ここ立ち入り禁止だよ。出て行って」
高谷、ハリカを追い払おうとして歩み寄る。
ハリカの様子を観察していた甲村、高谷を制し。
甲村「（ハリカに、優しく）君、幾つ？　もしかして君、ここにあった学校の生徒さんとか」
ハリカ「（え？　と）」
高谷「え、ここって、学校だったんですか？」
甲村「学校というか全寮制のね、所謂更生施設だったんだよ。不登校とか、そういう子たちが治療を受けるための。（ハリカに）色々大変な学校だったらしいけど、そこの子だったんじゃないの？うん？」
ハリカ「……間違えました」
ハリカ、逃げるようにまた森の道へ走って行った。
亜乃音、追いかけようとすると。
甲村「治療っていうか、ほとんど虐待だったらしいけどね」

亜乃音、木の裏に隠れたまま聞き、……。

甲村「まあ、元々ね、親に見放された子供ばっかりだったんだろうけど。最終的には子供がひとり死ぬとこまでいって、閉鎖されたらしいよ」

49　森の中の道

引き返しているハリカ、道に迷って見回している。

甲村の声「心に傷みたいなもんを負った子も多くて。ここで暮らしてた間の記憶が丸ごとごっそり消えてる子とか」

50　森の奥の家

甲村と高谷の会話を聞いている亜乃音、……。

甲村「そのね、消えた分をね、別の記憶をなんか持ってきて、埋めちゃうんだって。ありもしなかった出来事を自分の記憶にするらしいよ」

高谷「ひやー、怖あー」

51　森の中の道〜ツリーハウス

彷徨(さまよ)うハリカ、風見鶏の脇を通り、開けた場所に出ると、あのツリーハウスが目の前にあった。

懐かしく嬉しく、笑みが浮かびかけて、気付く。

窓に物々しい鉄格子があった。

ハリカの思い出とは似て非なるツリーハウスだ。

呆然と見つめるハリカ。

風見鶏が回っている。

ハリカの声「今でもあのツリーハウスでの幸せな日々のことを思い返します」
　ハリカの視界の中で、落ち葉が舞い上がり、ツリーハウスが光に包まれていく。
ハリカの声「大切な思い出って支えになるし、お守りになるし、居場所になるんだなって、思います」
　記憶の中の美しいツリーハウスが蘇る。

52　ハリカの記憶と現実

　森の中の洋館の前。

　顔を見合わせイーッ！　とする幼いハリカと真砂子。

ハリカの声「わたし、八歳から十二歳の頃まで、森の中でおばあちゃんと二人で暮らしてました」

　ハリカ、感動して洋館を見上げていると。

風見鶏の声「待って待って。ちょっと待って」

　ハリカ、見回すと、風見鶏がこっちを向いていて。

風見鶏「君のその思い出は間違ってるよ」

ハリカ「うん？　何？」

風見鶏「本当はそうじゃなかったでしょ。本当はこうでしょ」

　回りはじめる風見鶏。

　ハリカ、何？　と思っていると、ふいに腕が摑まれた。

　冷たい表情の真砂子がハリカの腕を摑んで。

真砂子「早くしなさい」

　腕を摑まれ、洋館へと連れて行かれるハリカ。

　職員たちがハリカを冷たく見ている。

風見鶏「その人はおばあちゃんじゃない。お父さんとお母さんが君を入れた、施設の先生だったんだよ」

ハリカ、振り返ると、父と母が車で走り去る。

ハリカ「待って！　ママ！　パパ！」

ハリカ、追いかけようとするが、真砂子に捕まる。

風見鶏「じゃあ、本当のことを思い出そう」

×　×　×

洋館の廊下、真砂子と共に歩いて来るハリカ。

ハリカ「素敵なお家ですね。魔法の世界みたい」

真砂子、部屋のドアを開け、笑顔でハリカを招く。

ハリカ、美しい部屋を見て感激し。

ハリカ「わあ！」

ハリカ、部屋の中へと踏み出した瞬間。

風見鶏の声「この思い出も間違ってるよ」

背後でバン！　と閉まるドア。

見ると、たった今美しかったはずが、殺風景で事務的な部屋に変貌している。

×　×　×

真砂子はハリカについて書かれた書類に目を通し。

真砂子「あなた、どうしてここに来たのかわかってますか？」

ハリカ「あのね。いっぱいあるよ。忘れ物が多いのでしょ、給食食べるのが遅いのでしょ。列を乱すのでしょ。あと、制服を着なかったことでしょ」
真砂子「どうして制服を着ないんですか?」
ハリカ「好きな洋服を着た方が楽しいでしょ」
真砂子「みんなと違う行動を取ることになりますね」
ハリカ「違ったらどうしていけないの?」
真砂子「決まりを守らないと、みんなに迷惑をかけます」
ハリカ「みんなって誰? みんなって誰のことかわからないから、同じにできないんだよね。みんなってどこにいるの?」
真砂子「あなたは病気です。あなたのご両親は弟さんにあなたの病気がうつることを怖れています」
ハリカ「あのね。わたしタケル好きだよ。パパもママも好き」
真砂子「その、あなたのそういうところが家族を苦しませるの」
ハリカ「(きょとんとして)……」

× × ×

森の中のツリーハウス。

感動して見上げているハリカ。

ハリカ「魔法使いの家みたい!(と、感動している)」

風見鶏の声「違うよ。間違ってるよ」

職員だった大男がハリカを抱え上げる。

ハリカ「離せゴーレム! 土に還れ! 土に還れ!」

大男に、ツリーハウスの床に放り出されるハリカ。

顔を上げると、じめじめと暗く、窓に鉄格子がはめられた、牢屋(ろうや)のような部屋。

真砂子が見下ろし、言う。

真砂子「クッキーだって何枚も焼けば、ハズレが出来るの」

ハリカ「わたしはクッキーじゃないよ」

真砂子「今日からこうしましょう。あなたの名前は、ハズレ」

ハリカ「(首を振る)」

真砂子「ハズレ。返事をしなさい」

ハリカ「違うよ、わたしの名前は辻沢ハリカだよ」

真砂子「ハズレよ、あなたの名前はハズレ」

ハリカ「違う、ハリカだよ」

真砂子を睨み、必死に訴えるハリカ。

× × ×

夜、部屋に閉じ込められて寝転がっているハリカ。

天井の亀に似たシミを眺めている。

ハリカ「おや、君は亀に似ているね。君の名前はブラン伯爵。正体はイギリスの気高い貴族なのだ」

どんどん別のシミを見つけて。

ハリカ「君はレディーソフィア。君は弓の名人ワッツさん。さあ出発よ。氷の山に咲く花を摘みに行きましょう」

その時、バン！　とドアが開けられ、真砂子が現れる。

大男がまた二人の男の子を部屋に放り込んだ。

ひとりは小さい男の子、ひとりは前髪が長くて目が隠れている男の子。

×　×　×

ハリカ、小さい男の子と話している。

ハリカ「わたし、ハリカ。君、なんてゆう名前？」
小さい男の子「ゾウキン」
ハリカ「（首を振り）本当の名前を教えて」
小さい男の子「本当の名前言ったら駄目なんだよ」
ハリカ「駄目じゃないよ」
小さい男の子「駄目だもん」

ハリカ、隅にいる前髪の長い男の子に話しかける。

ハリカ「わたし、ハリカ。君はなんてゆう名前？」

応えず、俯いている前髪の長い男の子。

×　×　×

真夏なのか、ひどく蒸し暑い。
汗をかき、ぐったりしているハリカ、前髪の長い男の子。
小さい男の子が床に突っ伏して、動かなくなった。

ハリカ「どうしたの？　大丈夫？　ねえ？」

ハリカ、起き上がり、ドアを叩いて。

ハリカ「すいません！　すいません！　開けてください！　開けてください！」

動かなくなった小さい男の子を見て。

ハリカ「死んじゃう……死んじゃう！」

やがてドアが開き、現れる真砂子。

ハリカ「助けて！　死んじゃうよ！」

真砂子「ハズレ」

ハリカ「……」

真砂子「ハズレ、返事をしなさい」

ハリカ「……はい」

真砂子「あなたの名前は？」

ハリカ「わたしの名前は……ハズレです」

真砂子「もう一度」

ハリカ「わたしの名前はハズレです」

×　×　×

事務デスクを挟んで話しているハリカと真砂子。

膝に手を置き、俯いているハリカ。

真砂子「ご親戚から先ほどお電話がありました。先日弟さんが事故で亡くなられたそうです。そして昨日、ご両親もその後を追われたとのことです。あなたはここを出て、児童養護施設に預けられることになりました」

ハリカ、理解できず、……。

風見鶏の声「これが君の本当の思い出だよ」

53　森の中の道〜ツリーハウスの前

亜乃音、森を抜け、ツリーハウスの前に着いた。

ハリカの後ろ姿があった。

ハリカの顔は目深にかぶったキャップで見えない。

亜乃音「あなた、名前は？　どこから来たの？」

答えないハリカのキャップで隠れた顔を覗き込む。

ハリカの表情を見て、……。

ツリーハウスを見て、ハリカのことを推し量る。

亜乃音、ハリカの服に付いた落ち葉などを払ってあげながら。

亜乃音「……誰だってね、過去に置いて来た自分っています。今更どうしたって、過去の自分は助けてあげられないんだから。せめて今を……（と、言葉が途切れて）」

そんな話をはじめた自分に苦笑する亜乃音。

足下に何かを見つけて拾うと、無反応なハリカの手に握らせた。

亜乃音、放り出してあった保冷バッグを手にして、もう振り向かずに立ち去っていった。

ひとり残されたハリカ。

54　山の中の道路

保冷バッグを提げた亜乃音、ワゴンに乗り込んだ。

サンバイザーに挟んであった写真を出し、見る。

笑顔の亜乃音と男（林田京介(きょうすけ)）の写真。

亜乃音「何をしでかしてくれるの」

苦笑し、車を出して走り去る。

55　森の中のツリーハウス

ひとり立っているハリカ。

手のひらの中に何か感触を感じ、握りしめる。

ハリカ、手を目の前に持って来て開くと、そこには大きめの石があった。

ハリカ、じっと石を見つめ、顔を上げる。

ツリーハウスに向かって、思い切り石を投げた。

窓の鉄格子を抜けて、窓ガラスを割った。

キャップが地面に落ちた。

投げた姿勢のまま激しく呼吸をしているハリカ。

56　横浜近郊、駅前あたり

人ごみの中、戻って来たハリカ。

57　歩道橋

階段を上がって来るハリカ、歩道橋を渡って行く。

母親に腕を引かれた女の子とすれ違う。

女の子「あのね……」

母親「(遮って) だからいつもの靴にしてって言ったでしょ。早く歩きなさい」

そんな様子を見送ったハリカ、また歩き出そうとして、道路の向こうに見える何かが目に留まる。

ハリカ、柵を摑んで、見入って、……。

58　道路

　歩道橋の階段を駆け下りて来て、前方に見える何かに向かって走るハリカ。

59　街角～病院の前

　走って来たハリカ、振り返って見上げる。
　前方に建つビルの上にハシビロコウの看板があった。
　スポーツ飲料の広告で、ハシビロコウが睨んでいる。
　ハリカ、そのまま振り返ると、逆側に病院があった。
　たくさんの窓が並んでいる。
　開け放たれた窓のひとつでカーテンがはためいており、その向こうに誰かが見える。
　カーテンに見え隠れする、紙野彦星（かみのひこぼし）（19）。
　ハリカ、はっとして思わず目を伏せる。
　どきどきしながらもう一度見上げると、彦星はスマホを見ている。
　ハリカ、スマホを出し、ゲームアプリを起動する。
　画面の中、荒れ地を急ぐハリカのモンスター♀。
　大きな枯れ木があって、立っているモンスター♂。

彦星の声「あ、どうも」
　ハリカ、窓を見上げて、彦星がスマホを操作しているのを見ながら、打ち込んで。
ハリカの声「あ、どうも」
彦星の声「元気ですか」
ハリカの声「はい、元気です。カノンさんは」

彦星の声「元気です。今日の外の世界はどうですか」
ハリカ、……。
ハリカの声「今日は栢市というところに行ってきました。森の中のおばあちゃんの家に行ってきました」
窓の向こうの彦星、止まっている。
ハリカの声「わたし、カノンさんにたくさん嘘をついちゃってました。おばあちゃんはいませんでした。わたしは、自分が思っていたよりもずっとハズレでした。ごめんなさい。カノンさんにもなんにもしてあげられません……」
彦星の声「ハリカちゃん」
ハリカの声「はい」
と書いてから、ハリカ、気付いて。
ハリカ「え?」
彦星の声「ハズレさんって、ハリカちゃんですよね」
ハリカ、動揺し、窓を見て、画面を見て。
ハリカの声「どうしてわたしの名前」
彦星の声「僕も嘘をついてました。少し前から君のことに気付いてました。はじめは偶然でした。ハズレっていう聞き覚えのある名前のアカウントを見つけて、近付いてみました。話してるうちに、もしかしてって思うようになって、色々聞き出しました。僕の記憶とは少し違ってたけど、確信しました。あの子だ。辻沢ハリカちゃんだって」
ハリカの声「意味がわかりません。カノンさんは誰なんですか?」
彦星の声「僕もあの更生施設にいたひとりです。前髪を切らせなくて閉じ込められてた、暗い子。それが僕です」

ハリカ「……！」

彦星の声「本当の名前は、紙野彦星といいます。ごめんなさい、黙ってて。おばあちゃんとの思い出を壊しちゃいけないと思って打ち明けられませんでした」

胸が一杯になるハリカ、窓の彦星を見上げながら。

ハリカの声「彦星くん？」

彦星の声「はい」

ハリカの声「君のこと、少しだけおぼえています」

彦星の声「一緒に脱走した時のことはおぼえてますか？」

ハリカの声「脱走？　そんなことあったんですか？」

彦星の声「一度だけ、ある夜ゴーレムが鍵をかけ忘れました。僕とハリカちゃんは脱走して、あの森を抜け出しました」

×　×　×

回想イメージ。

夜、山道を走る、子供の頃のハリカと彦星。

川沿いの道を走り、風力発電の道を走る。

彦星の声「夜の中を二人で走りました。僕は逃げるのに必死だったけど、ハリカちゃんは違いました」

周囲の景色を見て、話しかけるハリカ。

ハリカ「あのね」

彦星の声「あのね。そう言って君は、雨に濡れた花がどんなに綺麗か。風にはためく大売り出しの旗はどんな音がするか。天井の模様の中に何匹動物を見つけられるか。そんな話を道道ずっとしてくれて、で、一緒に見たんです」

道の真ん中に立って、見上げるハリカと彦星。

彦星の声「流れ星を」

ハリカ、流れ星を見上げながら言う。

ハリカ「地球も流れ星になればいいのに」

×　×　×

彦星の声「そのあと僕らは捕まって、また森に連れ戻されました」

ハリカの声「それは、本当にあったこと？」

彦星の声「本当にあったことです。ほんの少しの時間だけど、楽しかった。大切な思い出って支えになるし、お守りになるし、居場所になる。そう思います」

ハリカ「(嬉しく、頷く)」

彦星の声「あの時、本当は君に言いたかったんです。君の名前のこと」

×　×　×

回想フラッシュバック。

隅で前髪の長い彦星が、ハリカと真砂子の会話を苦しく思いながら見ている。

ハリカ「ハズレです」

真砂子「もう一度」

ハリカ「わたしの名前はハズレです」

彦星の声「(かぶさって) 君の名前はハズレじゃない」

× × ×

彦星の声「君の名前はハズレじゃないよって」

目に涙を溜めながら、ハリカ、返信する。

ハリカの声「はい。わたしの名前はハリカです。辻沢ハリカです」

彦星の声「はい」

涙を溜めながら笑顔になるハリカ。

窓の向こうの彦星を見上げて。

ハリカの声「彦星くん。君に会いたいです。君に会いに行ってもいいですか」

彦星の声「ごめんなさい。それはできません」

ハリカの声「会うの駄目ですか」

彦星の声「君に会ったら、死ぬのが怖くなってしまいます」

ハリカ、……。

彦星の声「君に会ってしまったら、ひとりきりが当たり前じゃなくなってしまいます」

ハリカの声「わたしはもう当たり前じゃないです。もう君がいること、知っています。嘘ですよね。死ぬなんて言って、騙してるんですよね」

彦星の声「ううん、本当です、僕はもうすぐいなくなります」

ハリカの声「嫌です。嫌です」

彦星の声「ありがとう」

ハリカの声「幾らかかるの？　全部で幾らのお金があったらあの治療ができるの？」

彦星の声「ハリカちゃん。できれば今まで通り、あのねって言って、外の話を聞かせてくれたら、僕はもう十分です」

ハリカ「(答えられない)……」

看護師が窓際に来て、カーテンを閉めはじめる。

ハリカの声「はい。外のこと、また毎日君に話します」

彦星の声「ありがとう。じゃあ」

ハリカの声「あのね」

彦星の声「またね」

看護師が窓を閉め、彦星の姿が消えた。

同時に画面の中、モンスター♂の姿が消え、モンスター♀だけが残された。

立ち尽くすハリカ、閉まった窓を見上げ、……。

60　道路

リュックからスケボーを外しているハリカ。

スケボーを地面に置き、足をかけ、顔を上げる。

決意の表情で、地面を蹴って、走りはじめた。

61　ネットカフェ『アラビアンナイト』・店内（夜）

伝票を持って奥に進むハリカ。

見知らぬ客ばかりで、自分の個室に入る。

上着を脱いでハンガーにかけていたら、ポケットの中から二枚の一万円札が出てきた。

しまおうとして摑んで、その感触に、あれ？　と思う。

何か気になって、テーブルに二枚並べてみる。

比較してじっと見つめる。

ふと気付いて、記番号を並べて確認する。
二枚共、まったく同じ記番号だった。

ハリカ「あ……（と、ある答えに行き着いた）」

62 海岸沿いの道路

カレーショップの配達ワゴンが停車しており、車内に舵とるい子が座っている。

舵「あのお金って、幾ら入ってたんでしょうね……」

舵、フリスクを出すと、どばっと出て。

るい子「持本さん、前から思ってたんですけど、フリスクちょうど一個出せないんですか？」

舵「（頷き）この世に生まれて来て、フリスクちょうど一個出すことさえできません」

るい子「（微笑って）もう一回やってみてください。ちょうど一個出たら、わたし死ぬのやめてみます」

舵「ちょっと待ってください。フリスクにそんな生き死にのプレッシャー賭け……」

るい子「持本さん、出ました」

舵の手のひらの中に、フリスクが二粒。

舵「や……」

るい子「努力は裏切るけど、諦めは裏切りません、ですよね？」

63 海岸

海に向かって走るるい子、追いかけている舵。

舵「青羽さん、待って、ちょっと待って……」
見失ってしまった。

舵「え……青羽さん。青羽さん？」

　舵、愕然としながら歩いて行くと、るい子が砂浜に這いつくばっていた。

るい子「青羽さん……！」

舵「（しっ、と指を口にあてて、前方を示す）」

　海の方から煙と火の粉が上がっているのが見える。

るい子「何ですか……？」

舵「何か燃やしてますね……」

　舵とるい子、さらに近付くと、炎と煙が立ち上っており、誰かの後ろ姿があって、何かを一斗缶の火の中にくべている。

　その人は亜乃音だった。

舵「あの人……！」

　燃やしているのは、一万円札だった。

　亜乃音は保冷バッグの中から摑んだ一万円札を躊躇無くどんどん炎の中に投げ込んでいる。

　とうとうバッグを逆さにして、中身を全部ばさーっと炎の中に注ぎ込んでしまった。

　燃える炎に照らされている亜乃音。

64　とある繁華街のゲームセンター・店内〜外

　音の洪水の中、筐体に向かってゲームに興じる人々。

　中世古理市（35）がふらっと入って来て、奥に進む。

　目線を流しながら監視カメラの配線を見る。

　ごみ箱の裏などで配線は途切れている。

　踵を返し、両替機の前に行く。

また目線を流して周囲を確認し、財布から出した一万円札を両替機に入れた。

ぴぴーぴぴーと鳴り、一万円札が吐き出された。

もう一度繰り返すが、また吐き出された。

理市、取り出した一万円札を持って、外に出る。

僅かな苛立（いらだ）ちを浮かべ、手元で一万円札を二回破り、ポケットにねじ込んだ。

歩き出し、雑踏の中に消えていく。

第1話終わり

anone
[あのね]

第2話

1　カレーショップ『東印度会社』・店内（夜）

壁にかかった『人生って、ルー　持本小五郎』の絵皿があって、話しているる舵とるい子。

舵「カレーは辛い。辛いから旨い。人生もまた同じ。今ではそういう解釈をしています」

るい子「人生、辛いですか」

舵「ここって元々はうちの父がはじめた、町の小さいカレー屋だったんです。父が死んだ後僕が継いで。三年前にフランチャイズに誘われて、加盟してみたんですけど。何でかすぐ半年後に同じチェーンの店がもっと駅近の方に出来て、こっちにお客さん来なくなりました。本社に納付金払えなくなって。気が付いたら、担保にしてたこの土地を本社に渡すことになってました」

るい子「のっとられちゃったんですね」

舵「お腹空(す)きましたよね。なんか作ります」

るい子「おでんとか食べたいですね」

舵「今ご説明した通り、ウチ、カレーの店なんで」

るい子「そうですよね。でもこの間」

舵「この間、焼きうどんできたの、あれ奇跡だったんで」

るい子「あと、どんな奇跡起きます？　お好み焼き？」

舵「……（できるかも）」

るい子「できる」

舵「無理です無理です」

るい子「おでんよりはできるでしょ？」

舵「そりゃおでんよりはできますよ、小麦粉あるし、（なんかぷっと笑ってしまって）あ、山芋あるわ」

×　×　×

外はいつしか雨が降っていて、並んでお好み焼きを食べている舵とるい子。

舵「こんな旨いお好み焼き食べたのはじめてです」

るい子「結局そういうことだと思うんですよ」

舵「何がですか」

るい子「この世界には裏メニューっていうものがあるんです」

舵「裏メニュー」

るい子「あの人だって」

×　×　×

回想フラッシュバック。

炎の中に一万円札を投げ込んでいる亜乃音。

×　×　×

舵「あれって、この世界の裏メニューですか？」

るい子「世界の裏側が垣間見えたんですよ。あるじゃないですか、脱税とかそういう」

舵「あ、竹藪に裏金捨ててあった的な」

るい子「世の中には表に出せないお金ってあって。それってつまり、何が起きても警察に通報されないってことです」

舵「警察に捕まんないなら泥棒してもいいってことはないですよね」

るい子「持本さんがこの店を取られるのはそれですよ？　警察に捕まらない泥棒を持本さんはされた

んです」

蛇「それは、僕がちゃんとしてなかったから」

るい子「違います。世の中なんて、どっかの馬鹿がついうっかり倒しちゃったドミノ倒しで出来てるんです。ちゃんとしてようとしてまいと、並んじゃったら負けなんです」

蛇「並んだら負け」

るい子「裏メニューの方が美味しいんですよ」

2　林田印刷所・二階の部屋

亜乃音、台所で立ったまま、買って来たお惣菜を食べながら缶ビールを飲んでいる。

時計のアラームが鳴った。

亜乃音、いつもしているように止め、テレビを点(つ)ける。

お天気キャスターが雨降る街角に立って、行き交う人を背景にして、天気予報を伝えている。

亜乃音、缶ビールを飲みながらテレビの前に座って、眺めていると、顔をコートで覆った女性が画面を横切るのが見えた。

亜乃音、あ、と思って目で追うが、すぐに女性の顔が見えて、また興味を失う。

3　街角〜病院の窓（日替わり）

ハリカ、スケボーに乗って走って来る。

止まって、正面にある病院の窓を見上げる。

カーテンがはためき、彦星の横顔が見え隠れする。

ハリカ、スマホを取り出し、ゲームにログインする。

画面内、枯れ木の下で会う二人のモンスター。

彦星の声「ハリカちゃん。また今日が来ましたね」
ハリカの声「はい、彦星くん。元気ですか」
彦星の声「今朝肉まんを二個食べました」
微笑うハリカ。
ハリカの声「ティッシュ配りのバイトをしてた時の同僚で、寿(ことぶき)さんという方がいました。寿さんはいつもポケットに直接肉まんを入れてました」
彦星の声「直接⁉」
ハリカの声「本来寿さんのおやつなんですが、ある時、間違えて肉まんの方を配ってしまったんです」
彦星の声「えー！！！」
ハリカの声「受け取った人食べてくれて、寿さん、口拭いてくださいってティッシュ渡したそうなんですけど」
ハリカ、見上げると、彦星は笑っている。
彦星の声「寿さん、面白い方ですね。なんか名前もめでたいし」
ハリカの声「彦星くん。寿さんの口癖は、名前がめでたいからって僕までおめでたい奴だと思わないでくれよな、でした」
彦星の声「それは大変失礼しました」
ハリカ、彦星の笑顔を嬉しく見上げている。
彦星の声「忘れ物気を付けて。行ってらっしゃい」
ハリカの声「行ってきます」
看護師によって窓が閉められた。
ハリカ、スマホで『林田印刷所』を検索して、地図を表示させる。
覚悟の表情で見つめ、そして歩き出す。

スケボーを置き忘れていたので、慌てて引き返す。

4　**柘市、花房(はなぶさ)法律事務所・オフィス内（夕方）**

出入り口に花房法律事務所との表示があり、本棚に法律書が並んでいる格調高いオフィス。

淡々と領収書の整理などをしている亜乃音。

外から戻ってきた花房三太郎(さんたろう)（29）が、真っ直ぐ奥に行き、デスクに脚を投げ出して髭(ひげ)を切っている花房万平(まんぺい)（65）に、書類をぱーっと投げつけて。

三太郎「おいクソ親父、おまえ何で勝手に依頼断ってるんだよ」
万平「うちは刑事事件はやらないって言ったろ。これ離婚調停の案件な。よろしく（と、フロッピーディスクを渡す）」
三太郎「何でウチはいまだにフロッピーディスク使ってんだよ」
三太郎、ごみ箱を蹴飛ばし、自分のデスクに行く。
万平「（ひっくり返ったごみ箱を見て）あーあーあー」
仕事を終えて、ファイルを閉じる亜乃音。
上着を着て、バッグを持って。
亜乃音「お疲れ様でした」
無表情で頭を下げて、さっさと出て行く。
万平「お疲れ様でしたー」
三太郎「あのおばちゃんもフロッピーディスクだよな」
万平「あ？」
三太郎「もっと若くて明るい子雇おうよ。あの人、愛想悪いし、なんか辛気くさいんだもん……」
万平が投げたティッシュの箱が三太郎の頭に当たる。

三太郎「痛っ」
万平「辞めろ辞めろ、人様の秘めた悲しみを辛気くさいなんて片付ける奴に弁護士やる資格はないよ」
三太郎「何だよ、秘めた悲しみって」
万平「亜乃音さんは、娘さんが失踪してるんだよ」
三太郎「(え、と)」
万平「十五年ほど前って言ってたかな。まだ十九歳の娘さんが突然姿を消したらしい」
三太郎「あー。あ、それはあれでしょ……(と、死を語ろうと)」
万平「いや。失踪して一年後に、生きてたことは確認できたんだよ。天気予報見てたらさ、たまたまそこに娘さんが映り込んでたらしい」
三太郎「へえ」
万平「娘は生きている。でもどこにいるかわからない」

5　歩道橋

林田印刷所前の歩道橋を歩いて来る亜乃音。

万平の声「そんな十五年を彼女は生きてきたんだよ」

目深にキャップをかぶり、手袋をし、リュックを背負ったハリカが足で器用にスケボーを転がしている。

顔を上げたハリカの顔が見えて。

亜乃音「(先日の子だとわかり、思わず)あ」

ハリカ「え?」

失敗し、スケボーでスネを打ったりする。

ハリカ、痛がりながらも。

ハリカ「(どうもと頭を下げて)」
亜乃音「(合わせて頭を下げて)」
ハリカ「あの」
亜乃音「うん?」
ハリカ「うん?」
亜乃音「え?」
ハリカ「いや、あの」
亜乃音「はい?」
ハリカ「や、え、えっと……(と、自分を示して)」
亜乃音「この間の」
ハリカ「そう、あ、うん」
亜乃音「何?」
ハリカ「え?」
亜乃音「何ですか?」
ハリカ「あ、えっと……(と、ポケットに手を入れて)あ、どうしようかな」
亜乃音「え?」
ハリカ「いや……(と、周囲を見回して)ま、いいか」
ハリカ、ポケットから何やら出して、見せる。
ハリカ「これ」
二枚の一万円札である。
亜乃音「(見て、あ、と)」
ハリカ「これ、この間のあれの、やつなんですけど、これって何でですか?」

亜乃音「(気付いたのか？　と思いつつ) 何が？」
ハリカ「や、だから、えっと……」
　亜乃音、咄嗟にその一万円札を奪おうとする。
　しかしハリカ、素早く引っ込めて、亜乃音を見据え。
ハリカ「この一万円札、何で二枚共、同じ番号なんですか？」
亜乃音「(内心、動揺があって、工場を示し) 中で話しましょう」
　先に工場へと向かう亜乃音。
　嬉しく頷き、付いて行きながら。
ハリカ「おうち、印刷所なんですね」

○　タイトル

6　林田印刷所・工場内

　入って来る亜乃音。
　続いてハリカも入ろうとして、一斗缶を蹴飛ばしてしまい、転んで尻餅をつく。
　亜乃音、呆れて見ている。
　ハリカ、顔を上げると、工場内には印刷機器とその周辺の設備が並んでいる。
　立ち上がり、わああ、と見回しながら歩く。
　幌がかぶされている大きな印刷機があって。
ハリカ「これが印刷する機械？(と、幌を少しめくる)」
亜乃音「勝手に触らないで」
ハリカ「いつもどんなものを印刷……」

埃が舞って、咳き込むハリカ。

亜乃音「(奥のテーブルに)こっち来て」

ハリカ「はい」

向かい合って座る二人。

ハリカ、膝の上に手を置き、しゃきっと座り。

ハリカ「辻沢ハリカです(と、礼をする)」

亜乃音「(礼を返し)何の御用でしょう」

ハリカ「えっと……(頭上の消えている照明を見て)あ」

ハリカ、立ち上がって、照明のスイッチの元に行き。

ハリカ「点けていいですか? 点けますね」

ハリカ、スイッチを入れる。

全然向こうの方の照明が点く。

別のを入れると、今度はハリカの頭上の照明が点く。

亜乃音「右の、下から二番目」

ハリカ、押すと、テーブル上の照明が点いた。

席に戻るハリカ、ポケットから先ほどの二枚の一万円札を出し、テーブルの上に並べて置く。

ハリカ「これね、この間亜乃音さんが」

亜乃音「(いきなり名前を言われたので)え?」

ハリカ「亜乃音さんですよね?」

脇に置いてある電気料金のお知らせを示す。

亜乃音「(めざといな、と思いながら)はい」

ハリカ「亜乃音さんが捨てたお金のうちの二枚です。実はね、この一万円札にはある秘密が隠されているってことに、わたし、気付いたんです」

亜乃音「(興味なさそうに振る舞っていて)」

ハリカ「それで、それでね、今日は亜乃音さんと取り引きしようと思って来たの」

亜乃音「取り引き」

ハリカ「わたしをここで働かせてください」

亜乃音「はい？」

ハリカ「わたし、すごくよく働きます」

亜乃音「(苦笑し) いや……」

ハリカ「本当ですよ。徹夜とか三日四日ぐらい平気だし、危ないことも全然できます。怪我しても訴えません……」

亜乃音「待って」

ハリカ「何でもします。お金貰えるなら何でも。お金は、勿論自分のお金は、(印刷機を見て) 自分で」

亜乃音、ハリカの前の一万円札を取ろうとする。

しかしハリカ、素早く一万円札を押さえた。

見合う二人。

亜乃音「(息をつき) ここはもう営業してないの。何を勘違いされてるのか知らないけど、うちはただの印刷所で……」

ハリカ「ただの印刷所……じゃないですよね。だってこれ、ただの一万円札じゃないもん」

亜乃音「番号のこと？」

ハリカ、二枚の一万円札を重ね、下部を揃える。

どちらも同じ記番号だ。

ハリカ「はい。二枚とも同じアルファベットと番号です。番号が同じお札なんてありませんよね？

それにね」

ハリカ「確かに色も模様もすごく細かくて綺麗だし、この、ホログラム、っていうんですか？　これもちゃんときらきらしてるし、ほら、斜めにすると絵も変わる……」

亜乃音「お金が欲しいの？」

亜乃音、財布から一万円札を二枚出し。

亜乃音「だったらこれと交換しましょう」

ハリカ「待って」

ハリカ、一万円札の両端を持って、さっき点けた頭上の照明に向ける。

ハリカ「透かしもちゃんとありました」

亜乃音「だったらただの……」

ハリカ「でもなんか違うんです。何かが違うなって思って。わたし、はじめに何を違うって思ったんだろうって思って」

亜乃音「（自分の一万円札を差し出し）こっちと交換……」

ハリカ「わかったのは」

ハリカ、一万円札を一度置いて、もう一度無造作にぱっと摑んで。

ハリカ「ぱって、持った感じが違う」

亜乃音「（そうだ、それを亜乃音も知っている）」

ハリカ、置いて、また持ってと繰り返し。

ハリカ「目は騙されたけど、指は気付く。持った、この一瞬の指先で、あ、違うってわかるんだよ。暗いところで、知らない人の手を繋いでしまったみたい、なんです」

亜乃音「（知っている）」

ハリカ「(一万円札を差し出して)触ってみます?」
亜乃音「結構です。よく知ってます」
ハリカ、亜乃音が諦めたことを理解し。
ハリカ「偽札ですか?」
亜乃音「偽札でしょうね」
ハリカ「(微笑って)やっぱり」
亜乃音「(その笑顔を見て、薄く苦笑して)」
ハリカ「このお金見つけたこと、わたし黙ってます。誰にも言いません。誰にも言わないからここで働かせてください」
亜乃音「無理です」
ハリカ、幌をかぶった印刷機の前に行き。
ハリカ「この機械で印刷したんでしょ?」
亜乃音「知らない」
ハリカ「亜乃音さんが捨てたバッグの中から見つけたんだよ」
亜乃音「わたしもあなたと同じなの。見つけちゃっただけなの。床下から出て来たの」
ハリカ「床下(と、床を見る)」
亜乃音「多分うちの夫のしわざ」
ハリカ「夫? 夫さんが作ったんですか? 会わせてください」
亜乃音「会えません。一年前、肺炎こじらせて死んじゃったから」
ハリカ「(え、と)」
亜乃音「見つけたのは最近。びっくりした。床下から一万円札がたくさん出て来て。最初へそくりかなって思ったんだけど、あなたと同じ。触った時の感触が違ってた。気が動転して慌てて捨てに行って。ま、あれは失敗したけど」

亜乃音「がっかりさせて申し訳ないけど、わたしには一万円札どころか、チラシ一枚印刷できません。聞きながら、意気消沈していくハリカ。

（自分の二万円を差し出し）ほら、これあげるから諦めて」

ハリカ、印刷機を見つめていて。

ハリカ「夫さんはこの機械で印刷したんですよね。一度はここで印刷できたんだから、動かし方さえわかったら、またもう一回印刷することだって。説明書とかって……」

印刷機周辺を見て回るハリカ。

亜乃音「辻沢ハリカさん。お金を印刷するのは犯罪ですよ」

ハリカ「はい」

亜乃音「はいじゃなくて、あなた、国？」

ハリカ「国じゃないです」

亜乃音「国じゃないでしょ。法律ってものがあって、通貨偽造？　そういう重い罪になるの。刑務所入ることになるの」

ハリカ「はい」

亜乃音「はいじゃなくて」

ハリカ「お金使った後だったら別に刑務所入っていいの」

亜乃音「うん？」

ハリカ「お金いるの」

亜乃音「だからお金っていうのは……」

ハリカ「大丈夫です、ご迷惑はかけません。お金作って、使って、そのあと捕まっても亜乃音さんのことは警察で言いません。拷問されても言わないです。十年でも二十年でも百年でも刑務所入ります。お金いるんです」

亜乃音「（苦笑し）働きなさい。働き者なんでしょ？　何が欲しいの？　洋服？」

ハリカ「（首を傾げ）」

亜乃音「幾ら欲しいの」

ハリカ「三千、四千……一億円ぐらいかもしれません。もしかしたら二億円……」

亜乃音「宝くじでも買いなさい。普通はね、二億円欲しい人はそうするの。夢を買うの」

ハリカ「（強く）夢はいらないんです」

亜乃音「（そんなハリカを、少し驚きながら）……帰って」

ハリカ、俯いていて、床のタイルが開いているのを見つけ、駆け寄って。

ハリカ「（穴を見て）この穴から見つかったんですか？」

ハリカ、這いつくばって、穴に手を入れる。

亜乃音、呆れて歩み寄って来て。

亜乃音「もう全部出しました」

ハリカ、床に顔を押しつけ、奥へと手を突っ込む。

ハリカ、何か摑んだ様子で、手を引き出す。

亜乃音「いい加減にしないと警察、警察は呼べないけど……」

手の中には、集金袋のような黒いポーチ。

亜乃音、え、と。

ハリカ、開けてみると、デジカメが出て来た。

何だろう？　と思いながら亜乃音に手渡す。

亜乃音、電源を入れてみると、プレビュー画面に京介と女（青島玲（あおしまれい））の二人の写真。

顔を寄せ合って、笑顔で写っている。

亜乃音、デジカメを伏せ、ハリカに押し当てる。

ハリカ「え?」

亜乃音「(動揺していて)待って……」

ハリカ「はい」

亜乃音「あれ。何で……」

ハリカ、亜乃音から押し付けられたデジカメを見て。

ハリカ「(京介を)この人って」

亜乃音「夫……」

ハリカ「隣の女の人は」

亜乃音「……」

ハリカ「ここから出て来たってことは、この女の人が何か知ってるんじゃないですか? 夫さんがどうして偽札を作ったのか。どうしてここにお金を隠したか。この女の人が本当のことを……」

亜乃音「その子はわたしの娘。わたしと夫の娘です」

ハリカ「……!」

亜乃音、改めてハリカからデジカメを取って、見て。

亜乃音「(込み上げるものがあって)……ちょっと」

亜乃音、デジカメを持って、テーブルの方に戻る。

バッグから眼鏡を出し、かける。

写真を送って、一枚一枚を見つめる。

ハリカ、来て、そんな亜乃音を見つめる。

写真の中、ラーメン店のカウンター席で京介と共に並んで食事していて、笑っている玲。

亜乃音「へー。優しい顔になったかな。(ハリカに見せ)ね、玲、優しそうな顔してるでしょ」

ハリカ「（え？　と思いながらも）うん」
亜乃音「言ってもわからないか。玲の元の顔、知らないもんね。もう少しね、違ってたの」
ハリカ「楽しそうに笑ってますね」
亜乃音「ね。あー、うん、笑ってる。笑ってるわ。（京介を）この人がこのセーター着てるってことは、三年……あー、三年前にはもう二人で会ってたんだ……」
ハリカ「（その言い方に、あれ？　と）」
亜乃音「玲ちゃん、大人んなって……」
ハリカ「亜乃音さんは娘さんにずっと会ってなかったんですか」
亜乃音「うん？　（言葉を濁し）うん……」
ハリカ「夫さんだけが娘さんに会ってたんですか？」
亜乃音「いいでしょ、別に、そんなこと。元気そうにしてるんだもん。ふーん。そっかあ……」
　写真の中の玲に指先で触れている亜乃音。
　ハリカ、そんな亜乃音の指先を見つめ、……。
亜乃音「どこのラーメン屋さんなのかな……」
ハリカ「（見て）わかるかも」
亜乃音「お店の名前は写ってないでしょ」
　ハリカ、画面を拡大し、丼に書かれた店名を見て。
ハリカ「ありました。検索してみますね（と、スマホを出す）」

7　カレーショップ『東印度会社』・外〜店内

　どこか人目を気にするように伏し目がちに、マスクをしたるい子が来る。

　肩にはショッピング用トートバッグを提げており、フランスパンとワインボトルが入っている。

店に入ると、テーブルに向かい合って座っている舵と、スーツ姿の男、西海隼人（さいかいはやと）（45）。
二人の間にはたくさんの書類がある。

舵「あ、こんばんは」

るい子「（会釈）」

舵「（西海を示し）本社の西海さんです」

西海「何、さん付けしちゃって」

舵「西海くん。小中高と同級生でもあって。すいません、今あの、ここの土地の引き渡し手続きを」

るい子「あ、（カウンター席を示し、いいですか？　と）」

舵「（頷き）もう終わりますから」

座るるい子、横目に二人を観察する。

西海「じゃ、ここ読んで（と、書類を示し）」

舵「はい、あ、うん（と、読みはじめて）」

西海「（すぐに）読んだ？　じゃ、ここ印鑑」

舵「あ。うん」

舵、書類に印鑑を押そうとすると。

るい子「ちゃんと読んだ方がいいんじゃないですか。印鑑押すなら、もっとちゃんと」

西海「（一瞬面倒そうにるい子を見て、舵に）そうだよ、ちゃんと読まないと駄目だよ」

舵「うん、ごめん」

読みはじめる舵。

西海、モデルガン雑誌を出して、読みながら。

西海「舵はさ」

舵「うん？」

西海「読みながらでいいよ。今までに直接にね、目撃したものでさ、一番怖かったものって何？」
舵「えー（と、首を傾げて）」
西海「俺はね」
舵「うんうんうん」
西海「北海道でね、ここでね、目の前でさ、シャケがね、クマ襲ってるところ見たんだよ」
舵「えーそうなんだー、それはすごいねー」
西海「びびったよ」
るい子「あの」
舵「はい？」
るい子「いいえ、今西海さん、シャケがクマ襲ったっておっしゃったから。クマが、シャケを、襲ったんですよね？」
舵「あ、や……」
西海「（真顔で）シャケがクマを襲ったんだよ」
舵、るい子、え？ と。
西海「え、何、俺が間違ったと思ったの？」
るい子「いやだって、シャケはクマを……」
舵「シャケは時にクマを襲います」
西海「だよな？」
るい子「切り身？」
舵「切り身。切り身は襲いませんけど」
るい子「あー、お二人はそういう関係？」
西海「（舵に）親友だよね？」

舵「はい、親友です」

るい子「あの、ちなみにここのお店をフランチャイズにするようお誘いになったのって」

西海「僕だけど？」

るい子「あー」

西海「（舵に）読んだ？　じゃ、印鑑」

舵、印鑑を手にし、書類を見つめ、動かない。

舵「……やっぱりちょっと」

西海「やっぱりちょっとって」

舵「ちょっと待ってもらえないかな。ちょっと二、三日……」

西海「ちょっと。ちょっとですか」

ふっと真顔になって立ち上がる西海、壁際に行き、人生ってルーの絵皿を手にして。

西海「ちょっと十分だけ寝るって言ってちゃんと十分で起きた人いる？　目覚ましスヌーズする奴は大体人生もスヌーズするんだよな」

西海、絵皿を離し、床に落として割った。

舵、！　と。

西海「はい押して、今押して」

舵、仕方なく押そうとすると、るい子、来て。

るい子「かわいそうに。こんなシャケとクマの区別も付かない男に人生いいようにされて」

るい子、書類を奪って、引き裂く。

破って捻（ねじ）って、空（から）の花瓶に挿し、店を出た。

西海「何あれ、今のあれ、何？」

追って出て行く舵。

8　橋の上

　舵、見回しながら走って来ると、川にかかる橋の上にるい子がいた。
　舵、傍らに立つと。
るい子「持本さんは悔しくないんですか？」
舵「（自嘲的に微笑って）ずっとこういう感じなんですよ。こういうもんだと思って生きてきたし」
るい子「お店取られずに済む方法があるんですよ」
舵「あれですか、裏メニューですか。そんな、あるかどうかもわからないお金……」
　るい子、手を出し、舵の手に何か握らせる。
　舵、ん？　と開いて見ると、百円玉だ。
るい子「それ、（川を示し）捨ててください」
舵「はい？」
るい子「捨ててください」
舵「……何でですか」
るい子「何で捨てないんですか？」
舵「だってお金ですよ」
るい子「百円じゃないですか」
　るい子、舵の手のひらから百円を取ると、ぽいと柵の向こうに投げ捨てた。
舵「あ……」
るい子「今どきどきしませんでしたか？」
舵「そりゃだってそりゃ、お金を……」
るい子「たった百円でこんなにどきどきできるんです。あの女が燃やしてたのはあれ何百万ってお金

　　　　ですよ。一万円札をあんな、落ち葉みたいに焼いて。裏に何もないなんてことないでしょ」
舵「それは（と、頷く）」
るい子「あるんですよ。ドミノ倒しに並んでる人間には理解できない何かが。知りたいと思いませんか？　手に入れたいと思いませんか？　このまま並び続けて、突き飛ばされるのを待つんですか？　社会からひどい目に遭わされた人には死ぬ前にすることがあるでしょ？　怒るんですよ」
　るい子、また百円玉を取り出し、舵に握らせて。
るい子「シャケだって時にはクマを襲うんでしょ？」
　舵、手の中の百円玉を見つめ、ゆっくり握りしめる。川に向かって百円玉を投げ捨てた。
舵「……なるほど」
るい子「はい」
舵「今、どきどきして気持ち良かったです（と、微笑う）」
　二人、また小銭を出して、どんどん投げ込んでいく。

9　ラーメン店の前の通り（夜）

　走って来て、停車する印刷所のワゴン。
　車内にハリカと亜乃音がいて、前方にあるラーメン店を見ている。
亜乃音「あの店？」
ハリカ「はい」
　ハリカ、デジカメの京介と玲の写真と、スマホで検索したラーメン店の写真を比べて見ていて。
亜乃音「こんなに近くなんだ。ウチから十キロも離れてない……」

10　ラーメン店・店内

入って来るハリカと亜乃音。
厨房に店員ひとり、カウンターの奥に餃子でビールを飲んでいる年配男性客（田村）がいる。
どきどきし、緊張している亜乃音、座ろうとすると。

亜乃音「こんばんは……」

ハリカ「（写真を見て）あ、こっちの席（と、別の椅子を示す）」

亜乃音「あ、玲はそこに」

ハリカ「はい、ここです」

亜乃音、椅子を見て、手で触れ、緊張しながら座る。
落ち着きなくきょろきょろしている亜乃音。

ハリカ「（メニューを取って、置き）はい」

ハリカ、写真の玲が食べているラーメンを確認して。

ハリカ「これ食べてますね（と、メニューを示す）」

亜乃音「どっさりもやしラーメン？　へえ。じゃあ二つ？（店員に）どっさりもやしラーメン二つください」

店員「はい、どっさり二つ」

ハリカ「（亜乃音を見て微笑って）」

亜乃音「何？」

ハリカ「なんかいいですね、玲ちゃんと同じもの食べるの」

亜乃音「一緒に食べるわけじゃないし」

そう言いながらも嬉しそうな亜乃音。

店員「玲ちゃんって、玲ちゃんのことですかね」

亜乃音「え？」

ハリカ、デジカメの玲の写真を見せる。

店員「あー玲ちゃんだ。お知り合いですか？」

亜乃音「あ……わたしじゃなくて、（ハリカを示し）この子が」

ハリカ「（えー、と）」

店員「前よく来てくれてましたよ、玲ちゃん。息子さん連れて」

亜乃音、え……、と。

田村「玲ちゃん今、県道沿いのガソリンスタンドで働いてるよ」

店員「あーそうなんですか。忙しいのかな」

田村「シングルマザーでしょ、いろいろ大変らしいよ」

亜乃音、……。

田村「離婚してこっち戻って来たけど。なんかお母さんとソリが合わないから実家には帰りたくないんだって」

亜乃音、……。

ハリカ、亜乃音を見て、……。

店員「そうなんですか。親父さんとは仲良かったのにね」

田村「親父さんとはね。孫のことも可愛(かわい)がってたし」

店員「一回、これから動物園行くのって言って、三人で出かける時に会ったことありましたよ」

田村「あの親父さんも最近見ないね」

店員「ですね。（ハリカと亜乃音に）はい、どっさりもやし」

山盛りのもやしが載ったラーメンを出す。

ハリカ、心配して亜乃音を見て、……。

亜乃音「（笑みを作って）どっさりだね。いただきます」

ハリカ「いただきます」
ラーメンを食べはじめるハリカと亜乃音。

11 林田印刷所・外

印刷所の軽ワゴンを駐め、降りてきたハリカと亜乃音。
亜乃音、ハリカのキャップを持って来て。

亜乃音「忘れてる」
ハリカ「あ（と、どうもと受け取って）じゃ、わたし（と、帰ります、と向こうを示す）」
亜乃音「あなた、家どこ？」
ハリカ「横浜の、アラビアンナイトっていう」
亜乃音「アラビアンナイト？」
ハリカ「ネットカフェです」
亜乃音「あー。はいはい、見た、ＮＨＫでやってた、そういうところに住んでる子たちのなんか……
あ、それでお金？」
ハリカ「（首を傾げ）」
亜乃音「お金はもういいの？」
ハリカ、それを思うと苦しいが。
ハリカ「（また礼をして）おやすみなさい」
亜乃音、小さく手を振る。
ハリカ、背を向け、歩き出す。
亜乃音「（見送っていて、ふいに思い立って）ハリカちゃん。あなた、今日泊まってったら？」
ハリカ「（え？ と、振り返る）」

12　カレーショップ近くの駐車場

顔にマスクをした舵とるい子、配達ワゴンの店のロゴ部分にガムテープを貼って隠している。

13　林田印刷所・二階の部屋

タンスを開けている亜乃音。

リュックを背負ったまま立っているハリカ。

亜乃音「身長小さい方だよね」

ハリカ「(すぐに) いや、そんなに小さくないです」

亜乃音「小さい方でしょ」

ハリカ「大きくはないけど、小さくはありません」

亜乃音「妙なことにこだわる (と、苦笑し)」

亜乃音、別の引き出しを開けると、中から若い女性向けのパジャマが出て来た。

亜乃音、見て、しかしそれはしまって、また別の引き出しを開け、地味なパジャマを出す。

ハリカに差し出し。

亜乃音「わたしのだけど」

ハリカ「パジャマ……」

ハリカ、パジャマを手に、なんか嬉しくてニヤニヤしてしまう。

亜乃音「はい、じゃ、お風呂入っておいで」

ハリカ「お風呂……お風呂 (と、ニヤニヤ)」

×　×　×

亜乃音、缶ビールを出し、ふと見ると、壁の給湯リモコンの、お湯の温度表示が四十四度を示している。

亜乃音「あ……ハリカちゃん？（と、振り返ると）」

真っ赤な顔で風呂から出た、パジャマ姿のハリカ。

ハリカ「はい……（と、息が切れている）」

亜乃音「お湯、熱かったんでしょ」

ハリカ「どうかな、別に……（と、強がるが熱かった）」

亜乃音「（水を汲んで渡し）本当は熱かったんでしょ？」

ハリカ「熱くないです（と、一気に飲む）」

亜乃音「（苦笑）」

×　×　×

布団を敷いたハリカ。

亜乃音「じゃ、おやすみなさい」

ハリカ「おやすみなさい」

小さな明かりを残して消灯し、戸を閉める亜乃音。

ハリカ、自分のパジャマを見て、布団を見回し、横になり、布団をかぶり、枕に頬をすりつける。

すると、アラームが鳴りはじめる。

見ると、テレビの脇に置いてある時計だ。

亜乃音、戻って来て、アラームを止め。

亜乃音「ちょっとごめんね」

リモコンを手にし、テレビを点けたものの。

亜乃音「あ……もう見なくていいんだった」
　天気予報がはじまるが、消す。
亜乃音「ごめんごめん、習慣になってて」
　苦笑し、出て行く亜乃音。
　ハリカ、……？　と。

１４　同・工場内

奥にデザイン関係を行う一角がある。
そこだけぽつんと明かりが点いていて、亜乃音がＰＣに向かって何やら操作している。
傍らには京介と玲の写真が置いてある。
操作しながら何度もクシャミをする亜乃音。
背後から毛布がかけられる。
振り返ると、ハリカだ。

亜乃音「あ……起こしちゃった？　うるさかった？」
ハリカ「何してるの？」
亜乃音「うん？　うん……」
　デジカメの蓋が開いており、ＳＤカードがＰＣに挿してある。
亜乃音「写真あったの。見て」
　亜乃音、マウスを操作し、写真を開く。
　少しお洒落した玲と制服を着た陽人（はると）が幼稚園の前で写っている記念写真。
亜乃音「孫。わたし、おばあちゃんだった（と、微笑う）」
ハリカ「へぇ」

亜乃音「四歳、五歳ぐらい？」
ハリカ「かなあ」
亜乃音「やっぱりね、似てるの、玲が小さい時の。顔もそうだけど、この立ち姿というか……」
微笑みながら、次の写真にすると、京介、玲、陽人の三人での記念写真だった。
亜乃音、……。
ハリカ、そんな亜乃音を見て、……。
亜乃音「（視線に気付き、微笑って）良かったなって思ってるの。この子ね、玲ね、十九の時に、突然いなくなって、それきりだったから。夫もわたしも心配してたから。ね、元気にね、玲が元気に生きてたってだけで、もう十分、ほんと十分なんだよ」
亜乃音の肩から毛布が落ちる。
ハリカ、拾ってかけ直してあげようとすると。
亜乃音「ま、でも、こっそり二人して会ってたとはね……」
押さえきれない思いがこぼれた。
ハリカ、毛布を持ったまま。
ハリカ「亜乃音さんさ、もう一回行ってみよ。写真見せて。どこに住んでるかわかるかもしれない」
亜乃音「（首を振って）わたしはいらないだろうから」
ハリカ「（首を振って）行こう。亜乃音さんはお母さんなんだから……」
亜乃音「お母さんじゃないの」
ハリカ「（え、と）」
亜乃音「玲はね、この人と別の女の人との間に出来た子なの。その人は玲を産んで、すぐどっかいなくなっちゃって。わたしと玲は血が繋がってないの」
ハリカ「（そうだったのか、と）」

亜乃音「でもさ、誰から産まれたかなんて、そんなに大事なことかな。ただお腹の中に十ヶ月いただけのことでしょ？　わかんない。わたし、〇歳の時から玲と一緒だったんだよ？　だっこして、ミルクあげてうんち取り替えて。一緒に自転車乗って、入学式出てお弁当作って。おかしいかな。自分がお母さんだと思っちゃうじゃない。お腹の中にいたとかどうとかなんてどうでもいいって思っちゃうじゃない。顔だって十九年一緒にいたら似てくるもん。そっくりねって言われたら、そうでしょって答えてたもん。それをさ、一日だけふっと現れた人が壊しちゃうの。わたし、あなたの本当のお母さんなんだよね。メールアドレス交換しようよって。簡単。十年、十五年、ちょっとずつ積み重ねてきたものを、簡単に、ちょんって壊しちゃう。お母さんを、ただのおばさんに変えちゃう。紙に走り書きされたメールアドレスがお母さんになる。生まれた時からずっと繋いでた手の感触が変わっちゃう。知らない人の手を繋いだみたいになっちゃう。仕方ないのかな。愛されてたって、愛してくれなかった人の方が心に残るもんね。人は、手に入ったものじゃなくて、手に入らなかったもので出来てるんだもんね。産んだ気になってたんだけどね」

淋しさの中で笑顔を作る亜乃音。

ハリカ、そんな亜乃音に毛布をかけ、傍らに座り。

ハリカ「亜乃音さん」

亜乃音「うん？」

ハリカ「前にね、仕事でね、親の承諾書を貰って来なさいって言われたの。いませんって答えたの」

亜乃音「……うん」

ハリカ「そしたらその人がね、冗談で、冗談でなんだけど、へー、かわいそうに。親から愛された記憶のない子って、誰かを愛することはできないんだろうねって」

亜乃音「（え、と顔をしかめて）」

ハリカ「だからね、大丈夫だよ。見て、玲ちゃんすごく優しそうな顔だし、子供いて、お母さんになってるじゃない。愛された記憶があるから愛せてるんだよ。亜乃音さんの愛情がちゃんと玲ちゃんに届いたから、自分の子供のことも愛せてるんだよ」

亜乃音、その話を素直には受け止められないが。

亜乃音「……（薄く苦笑し）ハリカちゃん」

ハリカ「大丈夫」

亜乃音「（苦笑しながら頷き）うん。ありがとう」

ハリカ「え、変？　わたしの話」

亜乃音「ううん、ありがとう。いいのいいの、落ち込んでるわけじゃないの。だって生きてたんだもん。乾杯して、なんだったら踊りたいぐらいだよ」

ハリカ「（微笑って）踊りましょうか？」

亜乃音「本気にしないで（と、微笑って）」

亜乃音、写真を見ていたフォルダを閉じようとして。

亜乃音「（ＰＣの画面の中のファイルに気付き）あ」

ハリカ「うん？」

亜乃音、ファイルをクリックすると、画面に一万円札の表面と裏面の、版のデータが表示された。

ハリカ・亜乃音「あ……」

亜乃音「見つけちゃった」

ハリカ「これって」

亜乃音「印刷って、版っていうのを作るの。版にインクを付けて、紙に付着させるんだけど、これはそのデータ」

ハリカ「へー」

亜乃音「ということは、あそこにあるんでしょうね、版が」
　亜乃音、幌をかぶった印刷機を見る。
　ハリカも見る。
亜乃音「ちょっと、開けてみようか。来て」
　亜乃音、ハリカと共に印刷機の元に行く。
亜乃音「(幌の一方を持って)そっち持って」
ハリカ「はい」
　二人、幌の両端を持って。
亜乃音「せーのでね」
ハリカ「せーので、はい」
亜乃音・ハリカ「せーの」
　二人、一気に幌を持ち上げて、剝がす。印刷機が露わになる。
　ハリカ、わあ、と見つめる。
　亜乃音、インクのタンクや、各部を見て回って、最後に用紙を入れるトレイを見て。
亜乃音「(あ、と何かに気付く)」
　ハリカ、台に乗って排出口を覗いたりしていると。
亜乃音「(真剣な顔で)鍵、かかってるかな」
ハリカ「うん?」
亜乃音「表の鍵、かかってるかどうか見て」
ハリカ「(よくわからないが)はい」
　ハリカ、慌てて出入り口に行き、確認して。
ハリカ「かかってます」

亜乃音、用紙トレイをじっと見ていて。

亜乃音「印刷してみようか」

ハリカ「え？」

亜乃音「一万円札、印刷しちゃおうか」

ハリカ「！」

亜乃音、電源のコードを、これだっけ？　と差し込む。

ハリカ「できるんですか？」

亜乃音、インクを確認して。

亜乃音「多分あの人、風邪引く直前まで作業してたの。二色まで済んでるから、あと一回回せば、四色刷りの同じものが出来るかもしれない」

亜乃音、印刷機のモニターを確認しながらスイッチをオンにしていく。

機械音が鳴りはじめた。

ハリカ「動いた。動きました」

亜乃音「動かしたの。危ないから離れてて。あれ、合ってるかな。待ってて。版のデータ、確認してくるね」

亜乃音、先ほどのPCの元に行き、一万円札のデータを確認する。

亜乃音「（うん、合ってると頷いて）」

ふっと目に留まる。

SDカードのフォルダの中に、『玲と陽人と動物園』という名前のムービーファイルがあった。

ハリカ「亜乃音さん！　なんか動いてますよ！」

亜乃音「今行く！」

しかし気になり、ファイルをクリックする亜乃音。

動画アプリケーションが起動し、ビデオカメラで撮影した動画の再生がはじまった。

動物園にいる、青島玲と青島陽人だ（二年前）。

二人、画面に向かって手を振って。

玲「お父さん、こっちこっち！」

見入る亜乃音。

ハリカ、印刷機の前にいて、各部が動作し、ベルトが回転し、用紙が吸い込まれていくのを見て。

ハリカ「はじまりました！」

しかし亜乃音は動画に見入っている。

動物園を回って、動物を示し、名前を陽人に教えてあげている玲。

玲がカメラを持ち替えて、京介が陽人をだっこする。

楽しげな三人の笑い声。

ハリカの前で、激しい音と共に、印刷が進み、遂に排出口から菊半サイズの大きな紙が出て来た。

縦に五列、横に四列で合わせて二十枚の一万円札が印刷されている。

ハリカ、！　と。

どんどん印刷されていく一万円札とハリカと、動画の中の動物園の三人と亜乃音がカットバックされる。

興奮しているハリカ、悲しく見入っている亜乃音。

印刷は止まらず、あっという間に三十枚四十枚と一万円札のシートを排出していく。

ハリカ「亜乃音さん！　止まんないよ！」

亜乃音、はっとして動画をストップさせ、向かう。

印刷機のモニター前に行き、印刷を止める。

排出口から最後の数枚が出て、機械音が収まった。

亜乃音、ハリカの傍らに行き、見る。
排出トレイに五十枚ほどの一万円札シートがある。
微細で、色も美しく再現された一万円札だ。
二人、信じられず、なんか笑みがこぼれてしまって。

亜乃音「わあ。えっと、一枚が、何枚？」
ハリカ「一、二、三……二十枚です。二十万円」
亜乃音「二十万円が……五十枚ぐらいあるかな」
ハリカ「うん。えっと……」
亜乃音「（ぷっと噴き出すようにして）一千万円」
ハリカ「一千万円（と、微笑って）」
亜乃音「こんなちょっとの時間で……怖い怖い」

ハリカ、そっと一枚を手にし、広げる。

ハリカ「あ、でも（と気付いて、裏返す）」

裏面は、二色刷りの青い一万円札のままだった。

亜乃音「あー、こっちは二色刷りのままだから」
ハリカ「よく見たら、床下から出て来た一万円札とは全然違いますね」
亜乃音「うん。あのほら、きらきらしてる、ホログラムもないし、凹凸もないし」
ハリカ「透かしも。これじゃ使えないですね」
亜乃音「使えませんよ？　当たり前でしょ。これ刷っちゃっただけでも、今警察来たらわたしたち逮捕なんだから」
ハリカ「あ、はい（と、微笑う）」
亜乃音「わかった？　これが限界なの」

ハリカ「……（頷く）」

15　同・二階の部屋

ハリカと亜乃音、ハサミで一万円札シートを細かく切り刻んでいる。
福澤諭吉（ふくざわゆきち）だけ切り抜き、立てて並べたりするハリカ。
亜乃音に窘（たしな）められ、福澤諭吉の顔も切り刻む。

×　　×　　×

台所に立っているハリカと亜乃音。換気扇を強にする。
深めの鍋に一万円札の紙吹雪が盛られている。
亜乃音、着火マンで火を点ける。
紙吹雪にぼっと火が点き、燃えはじめる。
団扇（うちわ）で扇ぐハリカ。
燃えた灰を回収し、第二弾をまた鍋に盛る。

×　　×　　×

洗面所、全ての灰をトイレに流したハリカと亜乃音。
二人の顔はちょっと灰で汚れている。
顔を見合わせ、苦笑して、ほっと息をつく。

亜乃音「じゃあ、今度こそ寝ましょうか。おやすみ」
ハリカ「おやすみなさい」
亜乃音、出て行きかけてふと思って。

亜乃音「関係ないと思いますよ。愛された記憶なんかなくても、愛することはできると思いますよ」
ハリカ「……」
　亜乃音、そのまま出て行った。
　ハリカ、嬉しく、照れたように見送って。
ハリカの声「彦星くん。あのね。今日わたしは布団で寝ています」

×　×　×

　布団に入っているハリカ、スマホのゲームアプリの中で彦星と話している。
ハリカの声「布団と枕を発明した人にはノーベル賞をあげるべきだったと思います」
彦星の声「確かに。じゃあ僕は、誕生日ケーキにロウソクを立てるって考えた人にノーベル賞をあげたいと思います」
ハリカの声「シャワーにシャワーって名前を付けた人にも」
彦星の声「ウサギの形に切ったリンゴにも」
ハリカの声「パレットの指を出す穴にも」
彦星の声「手品で出て来る鳩にも」
ハリカの声「落とし物箱にも」

16　林田印刷所付近の道路（日替わり、早朝）

　カレーショップの配達ワゴンが潜むように駐まっており、車内には、マスクをした舵とるい子。

17　林田印刷所・二階の部屋

　布団にしがみついているハリカ。

亜乃音、布団を引っ張って。
亜乃音「いつまで寝てるんですか。離しなさい」
ハリカ「（首を振って）わたしが離さないんじゃないよ。布団がわたしを離さないんだよ」

×　×　×

トーストにバターと苺ジャムを塗って、半分に折るハリカと亜乃音。
大きな口で齧（かじ）って、美味しい！　と顔を見合わせる。

18　同・工場内

二階から降りてきたハリカと亜乃音。
亜乃音は仕事のスーツを着ており、ハリカは帰るためにリュックとスケボーを背負っている。
出て行きかけて、亜乃音、ふと立ち止まる。
亜乃音「……あーそうだ。バイトさん探さなきゃ」
ハリカ「バイト」
亜乃音「もう一年間掃除してないから。しっかり掃除してくれる人がいるといいんだけど」
ハリカ「（わたしは？　と指さす）」
亜乃音「あー。まあ、いいけど」
ハリカ「掃除得意です（と、微笑う）」
亜乃音「（その笑顔を見て、照れたように目を逸らし）じゃ、二、三日かかると思うけど、とりあえず床掃除から」
ハリカ「（リュックを下ろして）はい！」
亜乃音「（行きかけて、財布を開け）あ、猫の餌買っておいて。あとついでにあなたのお昼ご飯も」

19　外の通り

どこかしら弾む気持ちで出勤していく亜乃音。

通りの向こう、潜んでいた配達ワゴンの車内で、舵とるい子がその様子を見ていた。

20　林田印刷所・工場内

バケツとモップを運んで来たハリカ、スマホを置き、掃除をはじめようとした時、猫が来た。

ハリカ「あ……もうお腹すいた？　よし、おいで」

ハリカ、モップを置き、猫を抱いて二階に行く。

同時にドアが開き、入って来る舵とるい子。

音をたてないように見回しながら進む。

るい子、事務室を見つけ、あそこよと向かう。

舵、付いて行こうとして、モップを倒してしまう。

21　同・二階の部屋

ハリカ、銘柄を確認しようとした猫の空き缶を落としてしまう。

拾ってごみ箱に入れ、部屋を出る。

22　同・工場内

ハリカ、降りてくる。

元の位置にモップがあり、一瞬印刷機を見て、昨日のことを思い返しながら出て行く。

外から鍵が閉められた。

印刷機の裏側に身を潜ませていた舵とるい子。

舵「娘がいたんですね」

× × ×

舵とるい子、家捜しをしている。

デスク、キャビネット、段ボールなどを手分けして開け、床にどんどん投げ出していく。

23 歩道橋

猫の缶詰とチョコスティックパンの入ったレジ袋を持って、帰って来るハリカ。

向こうの方で、凧（たこ）が飛んでいるのが見えた。

わあ、と眺める。

24 林田印刷所・二階の部屋

舵とるい子、押し入れの中、タンスの中をひっくり返し、家捜しをしている。

昨日ハリカが着ていたパジャマも、京介の写真も、全部床に放り出していく。

25 同・工場内

鍵を開けて、工場に入って来たハリカ。

バケツとモップが倒れて、水浸しになっている。

ハリカ、あれ、何で？　と思って拾っていると、二階から降りてきた舵。

鉢合わせして、ハリカ、……、舵、……。

ハリカ「……ぇっと」

舵「はい」
ハリカ「あの、えっと、え？」
舵「うん？」
ハリカ「あ、すいません、あの……」
続いて降りてくるるい子。
るい子「誰？」
ハリカ「あ、すいません」
るい子「今ちょっと掃除中なんで」
ハリカ「え？」
るい子「（舵に）じゃ、荷物」
舵「はい」
舵とるい子、そそくさと出て行く。
ハリカ「すいません、あの……」
ハリカ、なんか恐縮してしまって、誰だったのかと思いながら振り返ると、ひどく荒らされた事務室。
ハリカ「……（なんとなく推察し、振り返って）」

26　外の通り

駐めてあったワゴン車に乗り込んだ舵とるい子。
舵「何にもなかったじゃないですか」
るい子「あの子が来なければ、どこかに……」
運転席の窓が叩かれた。

見ると、ハリカだ。
舵、るい子、！　と。
ハリカ「泥棒ですよね！　泥棒ですよね！」
舵「違います！　泥棒じゃないです！」
ハリカ、ドアを開けようとするが開かず、後ろに回り、後部ドアを開けて乗り込んでくる。
ハリカ「泥棒ですよね！」
るい子「勝手に入って来ないで」
ハリカ「泥棒ですよね！」
るい子「何も盗ってませんよ」
舵、運転席を降りて、後部座席から乗り込んで。
舵「すいません、降りてください」
舵、ハリカを摑んで降ろそうとすると、ハリカ、舵の腕に嚙みついた。
舵、痛くて、呻く。
るい子、ドアポケットにあったガムテープを摑み、降りて、後部座席に回って。
るい子「押さえてて、押さえてて」

２７　歩道橋（夕方）

帰って来る亜乃音。
母親にだっこされた三歳ぐらいの男の子が掲示板に貼り紙を貼っている。
よくできたねと抱きしめられている。
亜乃音、見つめ、思いが込み上げてくる。
踵を返し、今来た道を足早に引き返して行く。

28 道路～ガソリンスタンド

バスを降りてくる亜乃音。
周囲を見回し、ガソリンスタンドを見つけた。
不安ながらも近付いて行く。
男性店員が給油している。
亜乃音、見回すと、洗車コーナーで、車を洗っている青島玲（32）の姿があった。
亜乃音、！　と。
玲、ホースの水とスポンジで手洗いしている。
手が冷たいのか何度も握り直している。
亜乃音、……。
その時、走って来る小学生の陽人（7）。

陽人「ママ！」

玲の元へと駆け寄っていった。

玲「おかえりー！　あー、こっち来ない来ない、かかる」

陽人に水がかからないようにホースを脇に避けようとして振り返る玲。
見ていた亜乃音と目が合った。
亜乃音、玲を見つめ、ぎこちなく微笑みを作る。
しかし玲、すっと目を逸らし、陽人に向き直り。

玲「（工作を見て）これ何作ったの」

陽人「土星」

玲「土星かぁ。もう終わるから、中で待ってな」

頷き、店内に入って行く陽人。

玲、陽人を見送ると、洗車を再開する。

亜乃音のことは無視している。

立ち尽くしている亜乃音、諦めの自嘲的な笑みを浮かべ、踵を返して立ち去る。

29　林田印刷所・工場内（夜）

亜乃音、入って来て、何かを蹴ってしまう。

明かりを点けると、バケツとモップが倒れており、床が水浸しになっている。

30　同・二階の部屋

入って来て亜乃音、明かりを点けて、驚く。

部屋中がひどく荒らされていた。

引き出しが開け放たれ、荷物が放り出されている。

ハリカに貸してあげたパジャマも投げ出してある。

亜乃音「……よいしょ」
椅子に座り、切なく部屋を見つめる。

31　カレーショップ『東印度会社』・店内

暗い中、口と、後ろに回した両手にガムテープを巻かれたハリカを連れて、店に入って来る舵とるい子。

舵とるい子、ハリカを椅子に座らせる。

睨んでいるハリカ。

店の照明を点けた舵、臆しながら前に座って。

舵「話し合いましょう。僕たち何も盗ってません。あなたに危害を加えるつもりもありません。全部忘れてくれるなら解放します。何だったらカレーでも食べて帰って……」

るい子「そちらにも表沙汰になったら困ることありますよね？」

睨んでいたハリカの目が動揺する。

るい子「（見て、やはりと思って）わたしたち、全部知ってるんですよ。あの工場に裏金が隠されていて……」

その時、背後からノックする音がした。

え？　となる舵とるい子。

奥のトイレの中からノックの音が聞こえる。

舵「トイレのノックって普通外からするものですよね」

るい子「普通はね」

流す音がして、続いてゆっくりとドアが開き、ズボンを上げて、ベルトを閉めながら出て来た西海。

ズボンのファスナーを閉めようとして、脇に挟んでいたものが落ちた。

拳銃である。

舵、るい子、ハリカ、え……、と。

西海、だるそうに拳銃を拾って、舵に向けて。

西海「何で勝手に電気点けてるんだよ。消せよ」

舵、呆然と頷き、店の電気を消す。

32　弁当屋・店内

カウンター内でレジ打ちをして働いている理市。

理市「麻婆弁当おひとつ。一万円お預かり致します」

理市、受け取る瞬間、あきらかにその一万円札の手触りを確かめながら受け取り、レジに入れる。

理市「(厨房に) 一万円入ります」

33　理市の別宅・外

両手にたくさんの紙袋を提げて歩いて来る理市。

廃屋のような古い一軒屋がある。

34　同・室内

入って来た理市、部屋の照明を点ける。

壁をぐるっと囲むようにして、異様なまでにありとあらゆる機種の自動販売機、両替機が並んでいた。

PC、プリンター、スキャナー、細々(こまごま)とした電子機器、パーツが大量にある。

理市、紙袋を降ろし、新たに買って来たパーツを広げはじめる。

第2話終わり

anone
[あのね]

第3話

1　弁当屋・店内（夜）

夜勤で接客中の理市、客の弁当を袋に詰めて。

理市「ありがとうございました」

礼をして見送っていると、奥から店長が来て。

店長「あのさ、ウチのサービス券なんだけど」

店長、三百円引きのサービス券を理市に見せる。

文字のみでモノクロコピーして印鑑を押してあるだけの簡素なものだ。

店長「これもうちょっとなんか、スタイリッシュな感じに作れないものかな?」

理市「はあ」

店長「これだと簡単にコピーされそうだし、なんか工夫っていうか（と、気軽に言っている）」

理市「（目の色が変わり）あ、……あ、はい、わかりました」

2　理市の別宅・室内（日替わり）

理市、買い物袋からパーツ類を出し、床に並べる。

宅配の段ボールを開け、ホログラム用紙を多数取り出す。

理市「（スマホで話していて）うん。店長から仕事頼まれて。大丈夫。うん。彩月（さつき）は?　寝た?」

理市「もしもし?　パパだよ?」

使い捨てカイロとお弁当を手にして台所に立つ。

×　×　×

レンジでお弁当をあたためながら、フライパンで使い捨てカイロの中身を煎る。

弁当を食べながら、磁気解析器のボックスを開けて基盤をルーペ（拡大鏡）で見る。

春巻きなどをくわえたまま、フライパンで煎ったカイロの中身をすり鉢に入れ、すりこぎ棒で丁寧にすりつぶす。

弁当の空き箱が邪魔になり、摑んで投げ捨てる。

ＰＣを操作すると、背後のプリンタから出て来るサービス券。

（この時点では、まだ偽造防止はされていない）

作業内容
①サービス券の裏側にカイロの中身で作った磁気インクを付着していく。
②ホログラム用紙をサービス券に「はく押し機」を使って貼る。
③同じ機具で今度はエンボス加工。サービス券に凹凸をつける。
④ホログラム、エンボス加工、磁気インクで偽造防止したサービス券を識別機に通す。
磁気解析器を経由してＰＣに出る磁気反応。

更に別のサービス券を識別機に入れ、磁気反応をチェックする。

○タイトル

3 舵の回想、八年前、路上

道路工事が行われている。

スーツ姿で、首にホルダーをかけ、クリップボードの書類に書き込んでいる舵。

舵の傍らに後輩が来て。

後輩「いやまじ持本さん、尊敬します」

舵「うん？」

後輩「これって毎年同じ場所掘って、また埋め直して。ただ予算使い果たすためだけの意味ない工事じゃないですか」
舵「（薄く苦笑して）これだって行政の……」
後輩「まともな感覚だったら普通嫌になりますよね。男としてどうなんすか？」
舵「……（微笑って）俺は別に、こんなもんだから」

4　舵の部屋の寝室

ベッドの中、舵と恋人・小山多可美（29）。
多可美「結婚する前に、検査受けてほしいの」
舵「検査」
多可美「わたし、子供はどうしても欲しいの」
舵「それはもちろん俺だって。三人は欲しいな」

5　産婦人科病院・待合室

舵、看護師からプラスティックの容器を渡されて。
看護師「では、そちらのお部屋でお願いします」
舵「あ、はい」

6　同・個室

舵、入って来ると、狭い部屋にソファーがあり、テレビ、グラビア雑誌、ティッシュなどが置いてある。

舵、参ったなあと微笑って。

7　**蛇の部屋の寝室**

蛇、ベッドに腰掛け、携帯を耳にあてていて。

蛇「(留守電メッセージに続き)あ、多可美ちゃん。僕です。度々ごめん。えっと、ずっと連絡ないから、なんとなく状況的にそういうことかなってわかってるんだけど……ごめんね。期待に応えられなくて。今までありがとうね」

8　**路上**

以前と同じ場所で道路工事が行われている。
書類に書き込んでいる蛇、ふと空を見上げる。

9　**カレーショップ・店内**

父亡き後、店を継いで、フランチャイズ前——。
蛇、びしっとしたスーツを着た西海と話していて。

西海「ウチのフランチャイズに入れば絶対儲かるから」
蛇「儲けたいっていうんじゃないんだけどさ。俺ね、なんてゆうか、自分の手で何かを作りたいんだよね」
西海「あーあー、わかるわかる」
蛇「まあ、笑うかもしれないけど、俺がこの世に生まれて来た証(あかし)っていうか」
西海「あーあー、それはうってつけだよ。印鑑ここところ」

蛇、頷き、契約書に印鑑を押しながら。

蛇「何かを残したいんだよね」

10　現在に戻って、カレーショップ『東印度会社』・店内（夜）

呆然としている舵。

西海から拳銃を向けられている。

同じく呆然と見ているるい子、口と後ろに回した手をガムテープで縛られているハリカ。

西海「とりあえずカーテン閉めようか」
舵「カーテン。カーテン、うん」
　舵、カーテンを閉めはじめる。
舵「……それ、それ何」
西海「うん？（と、拳銃を見る）」
舵「モデルガン？」
西海「元は、うん。改造したから、今は弾出る」
舵「へえ。え、そんな簡単に出るようになるもの？」
　ハリカ、後ろに回された手を捻って、ガムテープをこっそりと剝がそうとしている。
西海「簡単じゃないな。素材が亜鉛合金なんだけどさ、まず一回、銃身と本体を鉄ノコでバラすんだ」
舵「ふーん」
西海「で、このシリンダーには超鋼材のインサートが入ってるから、リューターで削るの。リューターわかる？　歯医者のウイーーンってする」
舵「あー」
西海「で、新しくバレルとシリンダーを、ね、作るんだよ。直径十五ミリの棒に九ミリの穴開けて。ま、本物と違って何発か撃ったら壊れちゃうんだ。もう無理かもしれない」

舵「撃ったの？」

西海「うん。ここ来る前、会社で四、五発。そのうち一発は、ウチの局長を撃った」

舵、るい子、ハリカ、……。

西海「前から話してたじゃん？　吉崎（よしざき）ってウチの、俺のこと馬鹿にしてる上司。ざまあみろなんだけど。あーあ、疲れた。人生終わっちゃったよ（と、力なく微笑う）」

その時、ハリカ、強引に両手首を離そうとして、その勢いで椅子から落ちてしまう。

西海「……え、何この子」

舵「ちょっと、誤解があって」

西海「誤解？」

舵「いや、えっと……」

西海「え？　何？（と、銃口を向ける）」

舵「この子の親が裏金隠してて、それを盗もうとしたら見つかっちゃって」

西海「まじか」

なにげなく後ずさりしていたるい子、ふいに走り出し、出入り口に向かおうとすると。

西海「死ぬの？（と、拳銃を向ける）」

立ち止まるるい子。

るい子「それ、本当に弾出るんですか？」

西海「わかんない。出ないかもしれない。試す？」

舵「駄目、駄目駄目駄目、冗談、冗談……」

舵、西海とるい子の間に入る。

西海「ニュースやってないかな。舵、テレビ点けて」

11　林田印刷所・二階の部屋

荒らされた部屋を片付けている亜乃音。
割れた急須のかけらを集めている。
テレビが点いており、ニュース番組の中継映像で高層ビルが映し出されていて。

アナウンサーの声「鳥の園、東印度会社など全国に飲食店を展開する、株式会社ダイヤモンドダイナーの社内において、ピストルと思われるものが発砲され、吉崎正雄（まさお）さん、五十歳が腹部を撃たれて病院に搬送されました。目撃者によると、逃走中の容疑者は吉崎さんの部下、西海隼人、四十五歳と見られ、警察は現在その行方を……」

ハリカが着ていたパジャマが落ちているのを拾う。
淋しげに見つめ、丁寧に畳む亜乃音。

12　カレーショップ『東印度会社』・店内

ニュースが終わって、西海、チャンネルを変えると、三人の子供たちが商店街を歩いている。

西海「あ、これ見たことある？　面白いんだよ。子役がさ、通学路を紹介する散歩番組」
舵「へえ」
西海「このたっくんはさ、足臭いキャラなんだよ（と、笑う）」

銃口が舵の方を向く。

舵「（のけぞって）へえ……」
西海「癒されるんだよ」
舵「（また銃口が近付き、のけぞり）癒されるね、うん……」
西海「なんかさ、学校の帰り道とか思い出さない？」

舵「そうだね……」

西海「いいなあ、小学生は残業なくて」

舵「そうだね……」

西海「うちの会社で一番の幸せが何だったかわかる？　終電で帰れる幸せだよ。俺は会社に殺される前に殺しただけなのに何で俺が警察に追われなきゃいけないんだよ」

舵「大変だったね……」

西海「裏金、持ってるんだ？」

舵「え？」

西海「その子の親。だから誘拐したんだろ？　いいじゃん、その金貰おうよ」

舵「や、そういうつもりじゃなくて……」

西海「身代金貰って、逃げよう」

ハリカ、それは違う！　と思って、否定しようとして首を振り、もがく。

西海、ハリカの顔に銃口を突きつけて。

西海「うるさい」

ハリカ、……。

西海「(舵に) 裏金って幾らあるんだ？　娘を返してほしかったら、金を用意しろって……」

るい子「(ぷっと苦笑する)」

西海「何だよ」

るい子「いや、『誘拐　平成』で検索してみたらどうですか？」

西海「は？」

るい子「身代金目的の誘拐って昭和ですよね？　最近そういうの聞かないでしょ？　どうしてかわかります？」

西海「少子化？」
るい子「少子化（と、苦笑）」
舵「青羽さん」
るい子「すいません。あ、でも、誘拐はどうかな。現金の受け渡しとか簡単じゃないし、今は色んな場所に監視カメラがありますから。そもそも今はオレオレ詐欺とか、言ってみれば架空の誘拐によるリスクの低い方法が主流ですし、そういう昭和な発想じゃ（と、苦笑）」
西海「おまえ、馬鹿にしてんのか」
るい子「馬鹿にっていうか、面白いこと言うなあって」
舵「青羽さん」
西海「おまえの意見なんか聞いてない。俺は、俺はおまえより考えてるし、俺は俺のやり方で身代金を貰うんだよ」
るい子「へえ、あ、はい」
西海「スマホ出せ」
るい子「え、嫌です」
西海「嫌ですって何だよ」
るい子「嫌ですは嫌ですです。嫌ですに説明は必要ありません」
西海「は？　死ぬの？　死にたいの？」
舵「青羽さん、出しましょう」
るい子、仕方なく、スマホを出す。
西海、受け取って舵に渡し、ハリカの額に拳銃を突きつける。
西海「撮って。ここ、この顔のところアップで」
ハリカ、睨んで、顔を背ける。

西海、ハリカを正面に向かせる。

舵「西海くん（乱暴はやめてあげて）」

西海「撮って」

舵、るい子のスマホで、拳銃を突きつけられたハリカの顔を撮影する。

舵「（ハリカに）大丈夫？」

西海、スマホを取って写真を確認し。

西海「これ持って親んとこ行って、身代金の要求してきて」

ハリカ、違うと首を振っている。

るい子「嫌です」

西海「黙って？　黙って言った通りにして？」

舵「青羽さん」

るい子「持本さん、こんな人の言うことに耳貸す必要ありません。この人は悪い人じゃなくて、頭が悪い人ですから」

西海「え、誰のこと言ってんの」

るい子「おまえのことだ」

西海「俺は頭悪くない」

るい子「そう信じて疑わない人を頭悪いと言うの」

西海「は？　謝って？」

るい子「中でも人に謝れなんて言う人が一番頭が悪い。あなたのおっしゃることは主客転倒してます」

舵、西海、え？　と。

るい子「この店を持本さんから奪ったのは誰ですか？　あなたは加害者ですよ？　何で勝手に被害者

なってるんですか」
舵「青羽さん、わかりました、ありがとう、黙って」
るい子「西海さん、あなたはさっき子役のたっくんのことを笑ってましたけど、あなたの足も十分臭いですよ」
西海「謝って。（舵に銃口を向けて、るい子に）謝れ」
るい子「……ごめんなさい」
西海、順番に三人に銃口を向けて。
西海「みんな一緒。三人は連帯責任。逆らったり、逃げたり、通報したりしたら残りのふたりを撃ち殺す……」
その時、るい子のスマホが鳴る。
るい子、取ろうとすると、先に西海が取り、通話ボタンを押す。
電話の声「もしもし？　お母さん？　お母さん？」
るい子、！　と、舵、え？　と。
西海「（切り、着信画面を見て）もうひとり連帯責任が増えた」
るい子、……と、舵、そうだったの？　と。

１３　同・外（日替わり、早朝）

肩にトートバッグを提げて出て来るるい子と、拳銃を持った西海。

西海「（携帯番号が書かれたメモを示し）余計なことしたらこの子と待ち合わせするから」

と言って中に入り、ドアを閉める。

るい子、やれやれと歩き出す。

14　同・店内

西海、ガムテープで舵の両手両足を縛り、テーブルの脚などに結び付けた。

西海「はい、次おまえ（と、ハリカに）」

舵「待って。その子、トイレ行ってないんだ」

西海、息をついて、置いてあった鋏でハリカの腕を縛ったガムテープを切る。

行けと促されて、ハリカ、奥に行こうとすると、西海の後ろに立っている舵が口パクで、「上に、窓、上に、窓、逃げて、逃げて」と伝えようとしている。

ハリカ、よくわからず、……。

西海「連帯責任だよ。勝手なことしたらこの人死んじゃうよ」

西海の後ろにいる舵、気にするなと首を振る。

ハリカ、トイレに行き、入る。

正面に小さな窓があった。

ハリカ、窓を見て、振り返って、そういうことだったのかと舵のことを思って、……。

×　×　×

店内、待っている舵と西海。

西海、スマホでニュース記事を見ていて。

西海「（スクロールしながら）え、残虐な犯行ってどういうこと？　あっちじゃん、残虐なのは……」

舵、奥のトイレを気にしている。

西海「（その視線に気付き、トイレを見て）遅いな？　（トイレに向かって）おい、裏切ったらこいつ殺すぞ」

西海、トイレに行こうとする。

舵「待って……」

西海、トイレに行こうとすると、先にドアが開き、出て来たハリカ。

舵「(あ……、と落胆)」

ハリカ、舵の傍らに戻って来た。

舵「(どうして逃げなかったの、とハリカを見る)」

ハリカ「(舵を見て、軽く会釈する)」

西海、ガムテープを持って、ハリカに。

西海「腕」

× × ×

両手両足を縛られ、口を塞がれ、テーブルの脚などに固定されているハリカ。額に汗をかき、鼻呼吸が苦しそうだ。

別のテーブルに固定されている舵、それを見て。

舵「西海くん、彼女にお水あげてくれない?」

西海、黙って拳銃に弾を込め直している。

舵「西海くん、お水……」

西海、立ち上がって、給水器で水を汲む。

舵、安堵していると、西海、コップの水を持って舵の前に来て。

西海「俺に命令するな」

舵「命令じゃないよ……」

西海「舵はさ、自分が男として中身がないってわかった時、どんな気持ちだった?」

舵「（え、と）……」
西海「だからって何も婚約解消することないよね」
舵「……（微笑って）何で知ってんの」
西海「みんな知ってるよ。あの女、口軽いもん」
舵「（微笑って）へぇ……」
西海「（スマホを操作しながら）多可美ちゃん、結婚したよ」
　西海、スマホの画面を舵に見せる。
　多可美と夫と三歳と一歳程度の子供の写真。
舵「……（微笑って）幸せそうで良かったよ」
西海「おまえの気持ちはどうなるんだよ」
舵「俺はいいんだよ」
西海「本当はこんな女のこと恨んでるんだろ？」
舵「恨んでないよ」
西海「おまえにはこの家族を壊す権利があるんだよ。（銃を差し出し）貸してやるから行って来いよ」
舵「（微笑み、首を振って）彼女に水……」
　西海、コップの水を舵の頭にかける。
西海「俺に命令するな」
舵「……」
　ハリカ、見ていて、……。

15　理市の別宅・室内

　理市、識別機にサービス券を通し、波形を確認してはノートにメモをしている。

ふいにPCの波形が反応しなくなった。
プローブを外して見て、困ったなと思う。

16　道路

自転車で走っている理市。
すると、逆車線を林田印刷所の軽ワゴンが通り、運転している亜乃音が見えた。
理市、あ、と思って、少し考え、Uターンする。

17　花房法律事務所・オフィス内

亜乃音、ロッカーから書類を出し、三太郎に渡し。
三太郎「すいませんでした、お休みなのに」
亜乃音「いえ」

18　外の通り

戻って来た亜乃音、駐めてあった軽ワゴンに乗り込もうとすると。
理市「林田さん」
振り返ると、自転車に乗った理市が来る。
亜乃音「(あ、と)中世古くん」
理市「ご無沙汰してます」
亜乃音「あー(と、微笑って)元気だった?」
理市「はい」
亜乃音「主人のお葬式以来? どうしてた?」

理市「今、駅の方の弁当屋で働いてます」
亜乃音「お弁当屋さん？　あ、そう。へえ。意外ね」
理市「そうですか？」
亜乃音「中世古くんがうちにいた頃、主人が言ってたの。彼は熱心だから、もっと大きな印刷所で働けばいいのにって。あ、奥さん元気？　美容室で働いてたっけ」
理市「もう辞めました。子供産まれたんで」
亜乃音「えー。そうなの？　知らなかった。どっち？」
理市「あ、もし良かったら」
亜乃音「うん？」
理市「今から社長にお線香って」
亜乃音「それは嬉しいけど。昨日ね、空き巣入っちゃって」
理市「空き巣……（と、強い関心を持って）」
亜乃音「男の子？　女の子？」

19　林田印刷所・工場内

入って来た亜乃音と理市。

理市「警察とかって」

亜乃音「特に盗まれたものもなさそうだから。ちょっと待っててね。急でお布団敷きっぱなしだったから」

二階に行く亜乃音。

理市、見送ると、すぐに目当ての場所に行って、工具やパーツ類の入った引き出しを開ける。

プローブを見つけ、そのままポケットにしまう。

戻りかけて、床の一角のタイルが剝がされて、穴があるのに気付き、歩み寄ろうとした時。
亜乃音「どうぞ」
理市「はい」

20　カレーショップ『東印度会社』・店内

縛られ、消耗した様子のハリカと舵。
福神漬けとらっきょで瓶ビールを飲んでいる西海。
西海「福神漬けとらっきょ以外につまみないの？」
舵「ウチ、カレー屋だから……」
すると、厨房で何やらガサゴソと音がする。
西海「何の音？」
舵「わかんない」
西海「おまえ、何か隠してるんだろ」
舵「隠してないよ」
西海、拳銃を持って、厨房に入って行く。
さらにガサゴソと音がする。
西海の声「うん？　どこだ？　この裏かな？」
舵「何？」
西海の声「なんかいる。あ、なんかいるいる」
舵「え、ちょっと待って」
西海の声「動いた動いた動いた」
舵「え、え、え」

西海の声「うわ、うわ、うわ」

舵「えー」

西海の声「かわいー」

舵「え？」

西海、厨房から出て来る。

腕にフェレットを抱いている。

西海「こんなのいた。何だこれ、ハクビシンか？」

舵「フェレット？」

西海「あーフェレットか。これがフェレットか、見て」

舵「可愛いね」

西海「どっから入って来たんだよ」

舵「そういう生き物ってちょっとの隙間からでも」

西海「あ、（フェレットの首輪を見て）住所書いてあるよ」

舵「あーすぐ近くだ。逃げ出したんだ」

西海「ちょっと俺、この子返してくる」

舵「え……」

西海「だってかわいそうじゃん」

西海、拳銃を尻ポケットに挿し、フェレットを抱いたまま上着を着て。

西海「マスクある？」

舵「レジの下」

西海「（マスクをはめて）動くなよ。すぐ戻るから」

と言って、出て行った西海。

舵、ハリカと目が合って。

舵「そういえばあいつ飼育係だった（と、微笑う）」

ハリカ、……。

舵「ちょっと待ってな。喉渇いたろ」

舵、後ろ手を捻って、抜け出そうとしながら。

舵「どうしてさっき逃げなかった。連帯責任とか言われたから、おじさんのこと心配してくれたのか?」

ハリカ「（黙っているが、肯定で）」

舵「（苦笑し）いいのに。次チャンスあったらひとりでも絶対逃げなきゃ駄目だよ。おじさんは別に、いいんだから」

ハリカ「（首を振る）」

舵「え?（否定してくれるハリカがなんか嬉しくて、照れたように苦笑し）おじさんはいいんだよ」

ハリカ「（何で?）」

舵「次にチャンスがあったら、気にせずさっさと……」

舵の手のガムテープが切れて、ベリベリっと鳴った。

舵「あ。今、べりべりってゆったね」

舵、必死に手をひねる。

一気にちぎれて、両手が自由になった。

舵、足首を縛っているガムテープも剝がす。

立ち上がろうとして、痺（しび）れていたのか、崩れる。

舵「やった」

ハリカ、舵、顔を見合わせて微笑う。

舵、もう一度立ち上がってハリカの元に行き、口を塞いでいるガムテープを剥がす。

舵「痛い？　大丈夫か？」

剥がし終えると、ハリカ、ふううと息を吐く。

舵「今、水……」

舵、給水器の元に行こうとすると。

ハリカ「わたし、あの人の子供じゃありません」

舵「え？」

ハリカ「林田亜乃音さんはわたしのお母さんじゃありません。わたし、あそこで掃除してただけです」

舵「……まじで？」

ハリカ「わたし、辻沢ハリカっていいます。ただのバイトです」

舵「……（笑っちゃって）持本舵です」

21　林田印刷所・外

焼香を終えて帰る理市を見送る亜乃音。

亜乃音「どうもありがとうね」

礼をして帰る理市。

その時、向こうから来るるい子。

理市とすれ違って、こっちに来る。

るい子、亜乃音の元に来て。

るい子「（礼をし）こんにちは」

亜乃音「（誰？　と思いつつ）こんにちは」

るい子「娘さんのことでお話がありまして」
亜乃音「（え、と）」
二人の様子を、振り返って見ている理市。
亜乃音、中に案内しかけて、サンダルが脱げる。
履き直し、入って行った。

22　カレーショップ『東印度会社』・店内

完全に自由になっているハリカと舵。
舵、スマホで『青羽さん』にかけ、耳にあてている。
舵「……青羽さん」
ハリカ「（あ、と身を乗り出し）」
舵「いや、まだ出てない」
ハリカ「あ、呼んだだけ……」
舵「……（ハリカに）出ないね」
ハリカ「（あ、と気付き）工場に」
舵、スマホで林田印刷所を入力し、検索しようとした時、ドアが開いて、枝付きの芽キャベツを持って入って来た西海。
西海「見て、フェレット返したら芽キャベツくれたよ。芽キャベツってこんな……（と、二人に気付いて）」
ぽかんと見合う三人。
舵「……おかえり」
西海、詰め寄って、芽キャベツで舵をひっぱたく。

何度も叩く。

舵「やめて、やめて、食べ物、食べ物」

西海「茹でる前はただの植物だよ」

舵「待って待って、彼女、ハリカちゃんっていって……」

西海、芽キャベツを捨てて、舵にのど輪をし、そのまま壁に押さえつける。

西海の尻ポケットに拳銃が挿してある。

舵を持ち上げ、締め上げる。

息ができず、足をばたつかせ、苦しそうな舵。

西海、尻ポケットに手を伸ばし、拳銃を取ろうとするが、そこに無い。

西海、え？　と振り返る。

ハリカが拳銃を握り、こっちに銃口を向けている。

ハリカ「離せ。離せ！」

西海、手を離し、床に崩れ落ちる舵。

西海「(ハリカを見て) 弾出るかなあ」

ハリカ、銃口を向けたまま、……。

西海、ハリカに詰め寄ってくる。

ハリカ、何もできない。

西海、銃身を握り、ハリカから奪い取る。

続けてハリカの腕を取り、引き倒す。

咳き込んでいる舵の傍らに倒れるハリカ。

西海「(銃口を向けて) 弾出るかなあ」

23　林田印刷所・二階の部屋

なにげなく部屋を観察しながら座っているるい子。
亜乃音、ペットボトルのお茶を注いだコップを運び、るい子に出す。

るい子「急須（と、内心割った覚えがある）」
亜乃音、前に座って。
亜乃音「ごめんなさいね、急須が割れちゃって」
るい子「（礼をし）」
亜乃音「何か、悪い話ですか？　玲のことって」
るい子「例のこと……」
亜乃音「さっき、そうおっしゃって」
るい子「あ……え。え、例のこと？」
亜乃音「そう（おっしゃった、と）」
るい子「……玲さん？」
亜乃音「はい」
るい子「そうです、娘さんのことです、玲さんのことですお」
亜乃音「（え？）」
るい子「玲さんのことですよ」
亜乃音「そうですか。わたしはあまり関係ないんですけどね」
るい子「え？」
亜乃音「向こうがそう思ってるんじゃないですか？」
るい子「……わたしは、そうは思えませんが」

亜乃音「わたしの話が出たんですか」

るい子「ええ、出ました」

亜乃音「へえ……」

るい子「お母さん、って」

亜乃音「へえ……」

るい子「あのですね。娘さんが……」

亜乃音「はい」

るい子「ま、ある、深刻なトラブルに遭われまして」

亜乃音「（え、と）」

るい子「ま、その相手が少し悪かったというか、ま、そういう種類の団体？　に属する方面の方で。今、横浜の、その団体の事務所ですか、その場所に、今監禁されてます」

亜乃音「（動揺し）……」

るい子「（動揺を察し、安堵し）それでその先方さんは、団体の、ま、慰謝料っていうんですか、そういうものを要求されてまして、あ、わたしはあくまで中立といいますか、むしろそちらの味方と思っていただきたいんですけど」

亜乃音「（呆然とし）……」

るい子「今のところは、玲さん、ご無事で、怪我をしてるとか、そういうことはないんですけど、先方さんはかなりお怒りですし、早めに手を打たないとまずい感じにはなってまして、ここは指示に従っていただいて、ま、慰謝料を、という風に、なんですけども（と、反応を待つ）」

亜乃音「（呆然とし）……」

るい子「（ん？　と）」

亜乃音「……ごめんなさい。何ですか？」

るい子「え？」
亜乃音「ごめんなさい、いえ、気が動転して。何ですか？」
るい子「娘さんが……」
亜乃音「怪我」
るい子「怪我はしてません」
亜乃音「あ……（と、安堵し）」
るい子「トラブルがありまして、先方がお怪我を……」
亜乃音「警察は……」
るい子「警察は行ってません」
亜乃音「どうして」
るい子「まあ、今生きるか死ぬかなんで、そういう正しいことおっしゃられても」
亜乃音「はい？」
るい子「通用する相手じゃないんですよ」
亜乃音「（怪訝に思いはじめ）お相手は何という方ですか？」
るい子「タマタさんです」
亜乃音「タバタさん？」
るい子「タバタさんです」
亜乃音「タマタ？　タバタ？」
るい子「タバタさんです。四十二歳です」
亜乃音「あなたは」
るい子「わたし。わたしは、仲介で」
亜乃音「お名前は」

るい子「わたし。吉田(よしだ)です」
亜乃音「吉田さん。子供って」
るい子「子供。わたし……」
亜乃音「玲の子供です。玲の子供はどこに」
るい子「(ハリカを想像し、え？　と)」
亜乃音「(おかしい、と確信して) 失礼ですけど、それは本当のお話ですか？」
るい子「当たり前じゃないですか」
亜乃音「ウチ、お金ありませんよ？」
るい子「お母さんね、それはいくらなんでも冷たいんじゃないですか？　娘さん、お母さんの助けを呼ばれてましたよ？」
亜乃音「娘はわたしの助けを呼ばないと思います」
るい子「……ちょっと、なんか話が嚙み合わないですね」
亜乃音「来る場所を間違えたんじゃないですか？」
るい子「わかりました。今、お写真をお見せします」
亜乃音「(え、と動揺)」
るい子「(スマホを操作し) 娘さんが今どうなってるか。お母さん、今どうなってもいいとおっしゃいましたけど」
亜乃音「(動揺し) それは……」
るい子「娘さんの現在の状況です」
るい子、スマホを亜乃音の前に出す。
画面に写っているのは、顔に銃口を突きつけられたハリカの写真。
亜乃音「(え、と) ……」

るい子「(亜乃音の反応を見守って)……」
亜乃音「(ハリカのことを思って、推し量って)……彼女がトラブルに巻き込まれたんですか?」
るい子「そうですよ」
亜乃音「その、相手というのは」
るい子「もう、人ひとり撃ってる人です」
亜乃音「(るい子を見て)」
るい子「追い詰められてて、もう話通じないし、止められないんですよ(と、本音で話して)」
亜乃音「(るい子を見て)」
るい子「放っとくと、多分殺されると思います。本当です」
亜乃音「(本当だと思う)」
るい子「……(息を吐く)」
亜乃音「幾ら必要なんですか」
るい子「(あ、と)……二億円」
亜乃音「(苦笑し、首を振って)今ここにはありませんけど、銀行に夫の保険金が預けてあります」
るい子「幾らですか?」
亜乃音「一千万円です」
るい子「一千万……それで全部ですか?」
亜乃音「ええ」
　立ち上がる亜乃音、京介の写真立てを持って来て、裏蓋を開けながら。
亜乃音「その子、わたしの娘じゃありませんよ」
るい子「(え、と)」
　中から出て来た通帳をテーブルに置いて。

亜乃音「保険金の一千万円です。これでその子を助けてあげてください（と、頭を下げる）」
るい子「今、娘じゃないって……」
亜乃音「助けてあげてください」
るい子「……連絡してみます（と、スマホを手にする）」

24　カレーショップ『東印度会社』・店内

西海、ハリカと舵を見据えながら、拳銃の銃身にタオルを巻いていて。
舵「勘違いだったんだよ。この子は娘じゃなかったんだよ」
カウンターに置いてあった西海のスマホからＬＩＮＥの着信音（ポキポキ）が鳴る。
西海、手にして、画面を見て。
西海「青羽さんからＬＩＮＥ来た……お、交渉成立したって」
西海、返信していると、繰り返し着信し、鳴る。
西海「細かく返信してくるなよ……やった、一千万払うって」
ハリカ、！　と。
西海、繰り返し着信する中、返信し。
西海「やっぱり娘だったじゃん。嘘つくなよ」
ハリカ、舵、何で……、と。

25　林田印刷所・二階の部屋

るい子のスマホもＬＩＮＥの着信音（ポキポキ）が繰り返し、鳴っている。
るい子、返信し、一旦置いて。
るい子「林田さん」

亜乃音「はい。（通帳を手に）すぐに解約してきますから……」
るい子、お茶を飲みながら。
るい子「一千万円じゃ足りないって言われました」
亜乃音「え……」
るい子「どうしましょう。他にお金ありましたっけ」
亜乃音「ありません。あとはほんの生活費ばかりで」
るい子「あのお金は？（と、かまをかけて）」
亜乃音「はい？」
るい子「あのお金があるじゃないですか」
亜乃音「（顔をしかめ、もしかして、と）……」
るい子「（待って）……」
亜乃音「……」
るい子「（無いのか、と思って通帳を見て）じゃあ……」
亜乃音「（るい子のスマホを見て）彼女が話したんですか？」
るい子「（内心、あ、と思って）はい」
亜乃音「（首を振り）あのお金は……」
るい子「林田さん」

26　同・工場内

二階から降りてくる亜乃音とるい子。
るい子、どこに行くのかと思っていると、亜乃音は印刷機の前に立った。
亜乃音、用紙のトレイを示す。

大判の紙に二色刷りされた一万円札が並んでいる。

るい子「……！」

亜乃音「残ってるのはこれだけです。本物だったら、一千万円ほどあると思いますけど」

るい子「青いですね」

亜乃音「これは二色刷りの段階です。本来の色を出すにはもう一度刷って、四色にする必要があります」

るい子「やってもらえますか？」

亜乃音、電源を入れ、モーター音がしはじめた。

るい子「随分慣れてるじゃないですか」

亜乃音「あなた、二人目なんで」

27　弁当屋・事務室

店長がチラシを整理していると、紙袋を提げた理市が入って来て。

店長「あれ、早いね」

理市「出来ました」

店長「あ、サービス券？　もう出来たの？　手抜いたんじゃないの？　いまいちだったら作り直しだよ？」

理市、封筒からサービス券の束を取り出し、並べる。

淡く彩り豊かで、微細な模様でデザインされている。

ホログラムがあり、エンボス加工がある。

ひと目でわかる、精巧な出来映えのサービス券。

28　林田印刷所・工場内

亜乃音、裁断機を操作し、片面のみ四色刷りで印刷された一万円札のシートを裁断している。
食い入るように見ているるい子。

亜乃音「危ないですよ。近付かないでくださぃ」
るい子「ごめんなさい」

×　×　×

テーブルに並べられた、裁断された一万円札の山。
るい子、手にして見て。

るい子「(驚き)本物じゃないですか。(裏側の白紙を見て)あとは裏さえ印刷すれば……」
亜乃音「(首を振り)こんなのただのカラーコピーと同じです」
るい子「あ、透かしとか?」
亜乃音「(頷き)他にも、本物はここにホログラムがありますよね。ここと か こ こ に も本当は凹凸があって」
るい子「(触ってみて)あー、つるつるだ」
亜乃音「自販機にも通りません。本物の一万円札は確か何か特殊なインクを使っていて」

29　弁当屋・事務室

理市、店長にサービス券について説明している。

理市「この部分がホログラムになってます。あと、ここところ、わかりますか」
店長「なんかデコボコしてる」

理市「はい。それから識別に関してですけど……」
　理市、テーブルに置いた識別機をこっちに向ける。
　別のサービス券を取り出して。
理市「これはテスト用に作ったもので、（本物を示し）これをただカラーコピーしたものです。通してみます」
　理市、コピーのサービス券を識別機に入れる。
　ぴぴーぴぴーと鳴って、吐き出された。
　理市、もう一度やるが、同じく吐き出された。
理市「通りません。では、こっち」
　理市、本物のサービス券を識別機に入れる。
　すっと通って、ランプが点いて、反対側から出た。
理市「磁気インクを使用して判別しています」
　理市、もう一度入れると、また通る。
理市「磁気センサーと光センサーの二段階で判断して……」
店長「待って。これ、一枚作るのに幾らかかるの」
理市「五十円ぐらいです」
店長「三百円のサービス券、五十円かけたら三百五十円サービスになっちゃうじゃないの。もっと普通の作って」
理市「はい」

30　林田印刷所・工場内

　印刷した一万円札を見つめるるい子。

るい子「これにホログラムとか凹凸を作ることって、そんなに難しいことなんですか？　もし印刷のことがわかる人に頼めば……」

亜乃音「（首を振り）あの子に何かあったら……」

その時、インターフォンが鳴った。

どきっとする亜乃音、るい子に、そちらの？　と。

るい子、いいえと首を振る。

亜乃音、緊張しながら出入り口に行きかけて、振り返り、それ、と一万円札を示す。

るい子、頷き、手近にあった段ボールに落とし込み、抱えて、奥の事務室の方に行く。

亜乃音、見届け、出入り口に行って。

亜乃音「はい？」

万平の声「亜乃音さん、僕です、花房です」

亜乃音、ドアを開けると、クーラーボックスを提げた万平が立っている。

万平「いい鰺が釣れたんでね、いかがかなと思って」

亜乃音「あ。すいません。（中を気にしつつ）どうぞ……」

亜乃音、万平を中に案内する。

隠れているるい子、身を潜めてその様子を見ている。

万平、テーブルに置いたクーラーボックスから鰺を出し、ビニール袋に入れていく。

万平「なかなかいい鰺でしょう」

亜乃音「ええ……」

亜乃音、万平の足下に印刷した一万円札が一枚落ちていることに気付き、あ、と。

万平「（照れてよそ見をしながら）亜乃音さん。釣りなんてご興味ありませんか」

亜乃音、聞いておらず、一万円札を足で踏む。

万平「よろしかったら今度一緒に行きませんか？」

亜乃音、一万円札を印刷機の下に蹴り入れる。

万平「どうですか？」

亜乃音「（安堵して）どうもありがとうございました」

万平「……あ、はい」

31　同・外

出て来た万平、相手にしてもらえなかったなと、しょげた顔をして帰って行く。

32　同・二階の部屋

また繰り返し着信音が鳴っており、るい子、スマホのＬＩＮＥで西海と話しながら出て来る。

るい子「（打ちながら）一千万でいいそうです」

亜乃音「（安堵し）はい」

るい子「どのくらいでお金下せますか」

亜乃音「（時計を見て）一時間もあれば」

るい子「（画面を見て）二時間後に人質と交換だそうです」

亜乃音「わかりました」

33　カレーショップ近くの道路

先を歩くハリカと舵。

拳銃を突きつけながら、すぐ後ろを行く西海。

ふいに脇道から高校生の男女カップルが出て来た。

どきっとする舵、西海。

高校生たち、三人の様子を見て、クスクス笑いながら通り過ぎ、ウケるーなどと話しながら行く。

三人、何がウケるんだろう……、と。

34 林田印刷所・工場内

段ボールに入った一万円札を見ているるい子。

ふと振り返って、見回して歩き出す。

棚の上に林田印刷所の手提げの紙袋の束が幾つか積んであったのを手にする。

開いて中を見てみたりして、……。

35 地方銀行・窓口

窓口に通帳と印鑑を提出している亜乃音。
行員「高額になりますので、こちらにご住所とお名前と、身分証明書をお願いできますか」
亜乃音「はい」

36 道路

走っているカレーショップの配達ワゴン。

運転している舵、助手席にハリカ、後部座席に西海。

37 林田印刷所・工場内

戻って来た亜乃音、入って来ると、テーブルの前になにげなく座っているるい子。

亜乃音「遅くなりました」
るい子「いえ」
亜乃音、バッグを開け、中から銀行の袋を出す。
袋から、帯封のされた一千万円分の一万円札の束を取り出し、置く。
亜乃音「ちょうどです」
るい子「はい。（スマホを見て）あの、手提げ袋みたいなのってあります？　そこに入れてこいって、（スマホを示し）指示が」
亜乃音「ちょっと待って」
亜乃音、奥に行き、棚に積んである林田印刷所の手提げ袋を手にし。
亜乃音「こういうので」
るい子「いいんじゃないですか。（LINEの着信音があり、見て）県道ってわかります？」
亜乃音、手提げ袋を持って来て。
亜乃音「ええ、わかります」
亜乃音、手提げ袋に一千万円を移していく。
るい子「（LINEを打って、また鳴って、見て）川って」
亜乃音「あります、鹿井川」
るい子「（打って、鳴って、見て）その橋で待ち合わせです」
亜乃音「ハリカちゃんは一緒なんですね？」
るい子「（打って、鳴って、見て）一緒です」
亜乃音「はい」
亜乃音、手提げ袋を閉じ、るい子、スマホをしまう。
二人、緊張し、同時に息を吐く。

るい子、ふと見ると、灰皿に口の開いた煙草とライターが置いてある。
るい子「一本貰っていいですか？」
亜乃音「一年前のものですよ」
るい子「ま、腐りはしないでしょ」
るい子、一本抜き取って戻そうとすると、亜乃音が手を伸ばして取り、自分も一本抜き取る。
るい子、微笑って、亜乃音の煙草に火を点ける。
二人、同時にふうと煙を吐いて。
るい子「ちなみに通貨偽造の刑期はご存知ですか」
亜乃音「無期又は三年以上の懲役」
るい子「じゃ、お互いチャラで、警察に通報は無しということで」
亜乃音「（苦笑して了解して）」
二人、ひと口吸っただけの煙草を灰皿でもみ消す。

38　河川敷沿いの道路

大きな川の河川敷脇の道路に停車しているワゴン。
後部座席の西海のスマホに着信があって。
西海「（見て、打ちながら）もうすぐ着くって」
舵「（バックミラー越しに西海を見て）うん」
舵、ハリカを見ると、少し寒そうだ。
舵、エアコンの温度を上げる。
ハリカ「（見て）ありがとう」
舵「（え、とハリカを見て）……（首を振り）」

繰り返し着信音が鳴り、シートに体を預けて、打ち続けている西海。

舵「(バックミラー越しに見ていて)……」

舵、手を伸ばしてハリカのシートベルトを外し、ドアを開けて。

舵「ハリカちゃん、逃げろ」

ハリカ「(え、と)」

舵「早く逃げろ」

ハリカ、ドアの外に出る。

西海「おい!」

西海、慌ててシートベルトを外し、ドアを開けようとした時。
舵、先にドアロックのボタンを押した。
西海、開けようとするが、開かない。
舵、助手席に移動し、出ようとする。
西海、クソ!　と手を伸ばし、舵の足首を摑んだ。
外に出て走っているハリカ、振り返る。
西海に足を摑まれて、助手席から上半身だけ外に飛び出している舵。
ハリカ、!　と。

舵「逃げろ!　おじさんはいいから逃げなさい!」

西海、拳銃を舵に突きつけていて。

西海「戻って来い!」

舵「駄目だ!　逃げろ!」

ハリカ、……。

西海「戻って来い!」

舵「おじさんはいいから、逃げろ！」
　ハリカ、……。

舵「逃げろ！」
　ハリカ、舵を見つめながら引き返す。

西海「(微笑って)」

舵「(落胆して)」

39　橋の上～河川敷

　川に架かった橋のたもとに停車する印刷所のワゴン。

　運転席から降りてくる亜乃音。

　後部座席のるい子、着信音のするスマホに打ち込みながら、置いてある手提げ袋を亜乃音に渡す。

　受け取る亜乃音。

　るい子、打ち込んで、降りて。


るい子「(亜乃音に) このまま橋を渡ってください」

　頷き、進む亜乃音と、るい子。

　橋の途中まで来て。


るい子「(スマホが鳴って、見て、亜乃音に) 止まって」

　るい子、また鳴ったのを見て、亜乃音に欄干を示す。

　亜乃音とるい子、欄干に摑まり、向こうを見下ろす。

　河川敷に、西海が立っている。

　その前に跪(ひざまず)いて座っているハリカと舵。

亜乃音、ハリカを見て、！　と。

西海、こっちに手を挙げながら、スマホに打って。

るい子「(スマホが鳴って、見て、亜乃音に) そこからお金を投げてください」

亜乃音「彼女を先に離して」

るい子「(スマホに打って、待って、鳴って、見て、亜乃音に) お金が先だそうです」

亜乃音「……わかりました」

亜乃音、欄干に身を乗り出し、手提げ袋を掲げる。

傍らで見ているるい子。

亜乃音、投げた。

落ちていく手提げ袋、真下の河川敷に落ちた。

×　×　×

河川敷、走って拾いに行く西海。

西海、落ちた手提げ袋を拾って、中を確認する。

ぎっしりと一万円札が詰まっている。

抱え、ワゴンを駐めてある道路に向かって走る。

ハリカと舵、それを見ていて。

舵「……(ハリカに) ごめんね」

そう伝えると、舵、西海を追って走っていく。

ハリカ「(何で、と見送って)」

40　橋の上

亜乃音、見回し、河川敷に降りるため、橋を引き返して走りはじめる。
るい子、同じ場所に立ったまま、ワゴンに乗り込む西海と舵を見ていて、……。

41　河川敷

ハリカ、呆然と立っていると、走って来る亜乃音。
両足とも靴が脱げるが、走る。
対峙（たいじ）し、ハリカ、困ったように亜乃音を見て。

ハリカ「亜乃音さん……」
亜乃音、躊躇無く、ハリカを抱きしめる。

亜乃音「（笑顔になって）あーもう。びっくりした、もう」
亜乃音、ハリカの頭をくしゃくしゃっとする。

ハリカ「何でお金渡しちゃったの」
亜乃音「何でって」
ハリカ「玲ちゃんじゃなかったんだよ、わたしだったんだよ、知らなかったの？」
亜乃音「（微笑って、首を傾げる）」
ハリカ「（気付いていたのだと察し）何で……ごめんなさい」
亜乃音「何を謝ってるの」
ハリカ「だってお金。わたし、ただのバイトなのに……」
亜乃音「そうだね。何でだろうね。何でだろうね」
そう言いながら、ハリカの頭を撫でる亜乃音。

その時、一万円札が一枚風に飛んでくる。
西海が落としたものだ。
ハリカ、拾ってみると、裏面が真っ白だった。
ハリカ「（え、となって、亜乃音を見る）」
亜乃音「（違う、と首を振る）」
亜乃音、さっき自分とるい子が立っていた橋を見上げると、既にそこには誰もいない。

42　柘駅・周辺の道路

走っているカレーショップのワゴン。
西海の声「停めろ、停めろ」
停車するワゴン、運転席に舵、助手席に西海。
西海、手提げ袋の中を見て。
西海「何だこれ……」
中の一万円札を取り出し、裏返していくと、どれも裏面が白紙だった。
舵「偽札……？」
西海「騙された……クソ」
地団駄を踏む西海。
西海「何だよ、いっつもこうだよ、いっつもこうだよ」
西海、銃口を自分のこめかみに当てる。
舵、え⁉　と、慌てて西海の腕を摑んで、下ろさせる。
舵「何やってんの、え、何やってんだよ。まだ弾出るかもしれないんでしょ？　駄目だよ」
西海「何が駄目なんだよ」

舵「今自分で、自分で自分に、しようとしてたじゃん」

西海「警察捕まりたくないんだよ。裁判なんか受けたくないし、刑務所行きたくないんだよ。もう命令されたり偉そうにされるの嫌なんだよ」

舵「会社よりはましかもよ」

西海「もう生きてる意味がわからないんだよ」

舵、自分もそう思うが。

舵「そんな意味なんて誰にもわからないよ」

西海「自分がいてもいなくてもどっちでもいい人間だって」

舵、頷きそうになるが首を振り。

舵「何言ってんのさ、四十五にもなって」

西海「四十五になっても思うんだよ。二十歳の倍思うよ。俺なんか消えてしまえばいいって。しょっちゅう思うんだよ」

舵、頷きそうになるが首を振り。

舵「しょっちゅうだろ？　しょっちゅうってことはさ、ずっとじゃないだろ？　ずっとじゃなきゃいいじゃん」

舵、自分はずっとそう思っている。

西海「仕事もなくなったし」

舵「俺もない」

西海「家族もいないし」

舵「俺もいない」

西海「夢もないし」

舵「夢どころか思い出もない」

西海「テレビ見るぐらいしか」
舵「俺は見たいテレビもない」
西海「熱帯魚ぐらいしか話し相手いないんだよ」
舵「帰って餌やれよ」
西海「なんにもいいことないんだよ」
舵「それは、いつか」
西海「いつかいつかで四十五だよ。もう死んでもいい」
舵「違う。違う違う。違いますよ。死んでもいいって言うのは、生まれて来て良かったって思えたってことだよ。生まれて来て良かったって思ったことないうちは、まだ死んでもいいって時じゃない」
西海「(首を振る)」
舵「生きよ。生きようよ。生きることは素晴らしいよ」
西海「馬鹿なのか?」
舵「俺にはわかるんだ」
西海「何が」
舵「(微笑って)俺、末期がんなんだ」
西海「……」
舵「何も残せないのわかってるよ。いてもいなくても一緒ってわかってるよ。でも、諦めても諦めても思っちゃうんだよ。生きたいなって。生きてるって、いいなって。(と、微笑う)」
西海、拳銃の銃身で舵の側頭部を殴る。
呻き声をあげて、突っ伏す舵。
西海「すぐバレる嘘言うな」

西海、偽札の入った手提げ袋を持って、拳銃を尻ポケットに挿し、車を降りる。
立ち去っていく。

43　**通り**

帰る理市、歩いていると、西海とすれ違う。
西海は林田印刷所の手提げ袋を持っていた。
理市、え、と思って、踵を返して付いて行く。

44　**別の通り**

歩いている西海。
自転車に乗った警察官が来て、西海を見て。
警察官「ちょっと君、待って。それ何？　後ろ、ポケット」
西海の尻のポケットには拳銃が挿してある。
西海、手を当てようとする。
警察官「あ、触らないで、触らないで、待って、両手挙げて」
しかし西海、そのまま拳銃を抜き取る。
西海「モデルガンですよ」
警察官「わかったわかった、とりあえず地面に置きなさい」
西海「いや、モデルガンだから大丈夫ですって」
西海、銃口を自分のこめかみに当てる。
警察官「やめろ！　やめなさい！」
西海「弾出ないって（と、微笑って）」

45　柘駅・周辺の道路

駐めてあるワゴンの運転席の舵。
舵、頭を押さえながら、体を起こす。
助手席に西海のスマホが置いてあって、手にする。
外に出ようとした時、どこからか銃声が聞こえた。
舵、ドアを開けかけたまま止まって、……。

46　通り

倒れている西海の足元が見えている。
警察官が無線で話している。

警察官「至急至急。現在、拳銃使用自殺事案発生。繰り返す、至急至急。現在、拳銃使用自殺事案発生」

地面に投げ出され落ちている手提げ袋。
すっと誰かの手が伸び、手提げ袋を掴み持ち去る。

警察官「至急応援願いたい。場所は、柘市（つげし）西柘海岸通（にしつげかいがんどお）り3丁目2番地。繰り返す　場所は、柘市西柘海岸通り3丁目2番地」

警察官「負傷者にあっては、男一名。救急車の要請を願いたい。以上」

手提げ袋を持って淡々と歩き去っていく理市。

47　裏通り

手提げ袋を持って歩いて来る理市。

ひと気のない場所で手提げ袋の中身を確認する。

裏面が白紙の一万円札が大量に詰まっていた。

48　走る電車の中

座席に座っているるい子。

膝の上には林田印刷所の手提げ袋を置いている。

後ろの席に、今時見かけない八十年代風の女子高校生の制服を着た十七歳ほどの女子、アオバがいる。

優しい笑みを浮かべ、るい子のことを眺めている。

るい子、ふと顔を上げて、アオバに気付く。

第3話終わり

anone
[あのね]

第4話

1

都内、るい子のアパート・室内

るい子、台所の下の戸を開け、漬け物の壺を出す。

簡素な部屋に運び、壺の中から札束を取り出した。

床にばーっと放り投げ、撒き散らかす。

体を横たえ、一万円札の上を転がりはじめる。

泳いだりもする。

そんなるい子の様子を床にぺたんと座って微笑みながら眺めている十七歳程度の女子の姿がある。

八十年代の女子高校生の制服を着ている、アオバ。

ふいに玄関のドアがノックされた。

るい子、床の一万円札を気にかけながら、アオバの横を素通りして玄関に行き、少しだけドアを開ける。

眼鏡で無精髭の若い男（本田（ほんだ））が立っていて。

本田「石本（いしもと）くんいる？（と、中を覗き込むようにする）」

るい子「（隠すようにして）石本さん、石本さんって隣です」

本田「金さ、貸してんだよ（と、まだ覗き込んでくる）」

るい子「隣です、てゆうかもう引っ越しました（と、閉めて）」

部屋に戻り、慌てて一万円札を片付けはじめる。

るい子、なんかウロウロしているアオバがちらっと視界に入って、一瞬手が止まる。

しかし特に気にしない様子で、片付けを続ける。

るい子を優しい眼差しで見守っているアオバ。

アオバの声「わたしの名前はアオバ。苗字はない。この世に生まれて来なかったからだ。幽霊っていうのとは少し違うけど、まあ、そう思ってもらうのが一番手っ取り早い。彼女はるい子。わたしの母だ。早速だけど、ここで母の人生について振り返ってみようと思う」

2　回想になって、テレビ画面

一九七九年頃の、ロッテオリオンズ村田兆治選手の投球映像。

アオバの声「幼い頃、母のヒーローはロッテオリオンズのエース、村田兆治投手だった」

3　中学校、野球部の部室の前

ロッテオリオンズの帽子を被った十三歳のるい子が顧問の先生に入部届を差し出している。

アオバの声「中学に入って野球部に入部届を出すと、先生が言った。じゃあマネージャーになりなさい。頑張ればいつか野球選手と結婚できるよ、と」

床に落ちる入部届。

アオバの声「この頃から既に母の願いはたいてい叶わなかった」

4　通学路の土手あたり

学校の帰り道、ギターケースを提げて歩いている十七歳のるい子と同級生の男子。

アオバの声「高校二年の時、バンドを組んだ。バンドマンに恋をするのではなく、バンドマンになりたかっただけだが、ある日の練習中、突然彼がベッドに母を押し倒した」

×　×　×

ひとりでギターケースを提げて歩いているるい子。

アオバの声「その行為の間、母はずっとギターピックを握りしめていて、その時出来たピックの跡は今も消えてぃない」
川縁に立って、ひとりギターを弾くるい子の後ろ姿。
アオバの声「数ヶ月後、母は妊娠した。その子供がわたしだ」

5　病院のベッド

白いカーテンに囲まれたベッドの中、横たわっているるい子。

アオバの声「そして数ヶ月後、わたしはこの世に生まれ落ちる前に、あの世へ旅立った。どうも体が少し弱かったらしいから仕方がない。看護師さんが来て、生まれて来るはずだった子は女の子だったのよと母に言った。あーあー言わなきゃいいのにとわたしは思ったが、時既に遅し。母の中でわたしが実体化した」

傍らの椅子に座っている、るい子が着ていたのと同じ制服姿のアオバ。

るい子、現れたアオバを不思議そうに見ている。

アオバの声「母は分身であるわたしにアオバという名前を付けた」

アオバ、手のひらを差し出す。

るい子、引きつけられるように身を起こし、手のひらを出し、アオバの手のひらと重ねる。

確かにそこに感触があって、わあ、と思うるい子。

アオバの声「母の母は、死んだ子供に名前を付けちゃいけないと言ったが、母は聞かなかった。わたしはアオバと一緒に生きるの。もう離れられないの。なるほど、母がそう考えるのならと、わたしも付き合うことにした」

娘の存在が嬉しく、照れて鼻の頭を掻くるい子。

真似をして鼻の頭を掻くアオバ。

アオバの声「わたしたちは親子であり、気の合う友人となった」

6　ある会社のオフィス

デスクに向かっている新入社員の頃のるい子。

周囲を勝手にウロウロしているアオバ。

隣の男性社員が次々と席を離れ、入れ替わっていく。

アオバの声「今では想像できないが、社会人になった母は夢と希望で満ちあふれていた。誰より働いた。人の分も働いた」

るい子だけが同じ場所に残っており、やがてるい子は三十歳を過ぎた。

アオバの声「どんなに働いても出世するのは男性社員だった。追い抜かれて追い抜かれて追い抜かれて、さすがにひと言言ってみるかと上司に相談すると、ようやく出世した」

暗くなって、受け取った辞令を見ているるい子。

隣のデスクに腰掛け、心配そうに見ているアオバ。

アオバの声「書類を管理するだけの部署で、部下はひとりもいなかった。いっそ火でも放ってしまおうかとも思ったが、母は多くの人がそうするように会社を辞め、結婚した」

7　病院のベッド

横たわっている三十五歳のるい子。

傍らに小さいベッドがあって、赤ん坊がいる。

嬉しそうに赤ん坊を抱くるい子。

アオバの声「そして母は人生二度目の妊娠をした。今度はちゃんと産まれた。男の子だった」

傍らの椅子に座って見守っているアオバ。

顔を見合わせ、鼻を掻くるい子とアオバ。

アオバの声「遂にお別れの時が来たようだ。良かったね。良かったね。わたしはそう声をかけて、母の元から消えた」

8　現在に戻って、るい子のアパート・室内（夜）

窓際に座ったるい子、遠くに建つタワーマンションを、どこか切なそうに見上げている。

アオバの声「がしかし、結果的にわたしは今も母と共にいる」

傍らに座っているアオバ。

るい子、ふとアオバを見て、息をつき、またタワーマンションを見上げる。

アオバの声「訳あって母は今ひとり暮らし。母の願いはいつもたいてい叶わない」

○　タイトル

9　林田印刷所・工場内（日替わり、朝）

亜乃音、ドアを開けると、理市が立っている。

理市「（会釈して）朝早くすいません、この間自転車の鍵落としてなかったですか？」

×　×　×

工場の奥で鍵を探している亜乃音。

亜乃音「カモメだっけ？」

理市「カラスです」

理市、亜乃音がこっちを見ていないのを確認しながら、印刷機のインクタンクの付近に立ち、機械の中に指先を差し入れる。
取り出すと、指先にインクが付着して濡れている。
理市、見つめ、ハンカチで指先を軽く拭いて。
理市、ポケットからカラスのキーホルダーを出し、亜乃音に見せる。
理市「すいません。ありました」
亜乃音「あー、良かった」
理市、出口に向かいながらなにげなく印刷機を見て。
理市「最近、印刷機って動かしました？」
亜乃音「（え、と）……ううん」
理市「……」
亜乃音「え？」
理市「この間泥棒入ったっておっしゃってたから、壊されたりしてないかなと思って」
亜乃音「（安堵し）あ。うん、大丈夫だと思う」
理市「そうですか」
その時、二階の方から来る布団にくるまったハリカ。
ハリカ「おはよう」
亜乃音「あ、起きた？　おはよう」
理市「（誰だろう？　とハリカを見る）」
ハリカ「（理市と目が合って、どうも、と）」

10　理市の自宅マンション・部屋

理市、台所の流しでインクの付いた指を洗っている。

奥の部屋の戸が開き、一歳ほどの赤ん坊（彩月）を抱いた妻、中世古結季（31）が出て来て、
小声で。
結季「おかえり。（彩月を見せ）ちょうど今寝たところ」
と言って彩月をベビーベッドに寝かせ、来る。
結季「昨夜って、元々は夜勤じゃなかったでしょ？」
理市「急にひとり辞めちゃって」
結季「最近ずっと遅いもんね。シフト、昼間にできないの？」
理市「夜勤は三百円違うから」
結季「心配。無理しないでね」
と言って、結季、行く。
理市「俺、また頑張るから」
理市、棚に写真立てがあるのを見る。
パーティー会場の一角だろうか、ドレスアップしてシャンパングラスを持った理市と結季の笑
顔の写真。
理市「またここに帰るんだ（と、ひとり言う）」

11　林田印刷所・二階の部屋

亜乃音、トーストにバターとジャムを塗りながら。

亜乃音「もう三週間も経つんだよ」

ハリカ、ばたばたと布団を畳んで運んで、押し入れにあげながら。

ハリカ「もしかしたらあの犯人の人、最初から死ぬつもりだったんじゃないかなって。（ふっと真顔
で）わたし、止めてあげられたんじゃないかなって」

亜乃音、そんなハリカを見て、心配し。

亜乃音「……あ、猫が今、流し目した（と、指さす）」

ハリカ「え？（と、慌てて振り返る）」

普通に寝ている猫。

亜乃音「（微笑って）」

ハリカ「（騙されたと気付き、微笑って）」

亜乃音「そうやってね、世の中の悲しいことにいちいち感情移入してたら身が持たないよ。忘れなさい」

ハリカ「亜乃音さん、盗まれたお金はわたしが……」

亜乃音、ハリカの口にトーストをくわえさせて。

亜乃音「もういいって言ったでしょ。元々使う気なかったの」

ハリカ「じゃあ取り返したらわたしにくれる？（とは言ったものの）駄目だ、亜乃音さんから貰うわけにいかない」

亜乃音「あなた、お金好きね」

ハリカ「（トーストを食べながら）お金は自由が買えるからね」

亜乃音「（苦笑し）偉そうに」

亜乃音、テーブルに開いて置いてあるノートを見る。

先端医療に関する手書きのノートで、病院に関する記述、治療方法などがまとめてある。

亜乃音「何？」

ハリカ「何でもない（と閉じて、しまう）」

12　病院の前

ハリカ、病院の窓の彦星の横顔を見上げながら、スマホを取り出し、ゲームにログインする。
画面上、枯れ木の下に二体のモンスター。

ハリカの声「彦星くん」
彦星の声「ハリカちゃん。元気ですか」
ハリカ、『あんまり』と書きかけて消し、書き直し。
ハリカの声「はい、元気です」
彦星が少し咳き込んでいるのが見える。
ハリカの声「彦星くんは？　体調どうですか？」
返事が遅れて、心配して見上げていると。
彦星の声「また寿さんの話が聞きたいです」
ハリカ、頷いて。
ハリカの声「あのね。寿さんは町でばったり会うと、横断歩道の向こうからでも普通に話しかけてきます。（声を大きくし）髪切った？　とか。今日って何曜日だっけ？　とか。なのに青信号に変わって面と向かうと、じゃあねバイバイって言って、さっさと帰っていっちゃうんです」
笑っている彦星。
ハリカ、嬉しく見上げながら続けて。
ハリカの声「寿さんは、みんなに犬派？　猫派？　って聞いて、寿さんは？　って聞かれると、僕はカワウソ派、って答えます」
彦星、また咳き込みはじめるが。

彦星の声「ハリカちゃんと話してると、元気が出ます」

ハリカ、『それはそれはどうも』と打ち込みながら。

ハリカ「わたしもだよ（と、呟く）」

13　通り〜元カレーショップ『東印度会社』の前

見回しながら歩いて来るハリカ、カレーショップを見つけて駆け寄る。

閉まっており、『貸店舗』と貼り紙がある。

覗いてみるが、店内には誰もいない。

諦めて立ち去ろうとした時、アメリカンドッグを食べながら歩いて来る舵。

目が合うと、舵、ふわっと方向転換しようとして。

ハリカ「持本さん」

舵「違います」

ハリカ「持本さんでしょ、同じ服着てるし」

舵「違う違う、これは世界にいっぱい売ってるやつ」

ハリカ「顔が持本さんだもん」

舵「世界には似てる人が三人いて、ダルビッシュと若い頃の川端康成とか。岡田眞澄とスターリンとか……」

ハリカ「持本さんだもん」

舵「あ、ドッペルゲンガー見たんでしょ？」

ハリカ「ドッペルゲンガー？　え？　本気で言ってる？　大人なのに？（と、睨んで）」

舵「……ごめんなさい、持本です」

ハリカ「持本さん、ケチャップ垂れてますよ」

舵「あ」
ハリカ、ハンカチを出そうとするが、舵、思わずズボンでケチャップを拭いてしまう。
ハリカ「あ、ハンカチ忘れた」　舵「あ、拭いちゃった」
ハリカ「ごめんなさい」　舵「ごめんなさい」

14　元カレーショップ『東印度会社』・店内

薄暗い中、テーブル席で缶コーヒーを飲みながら話しているハリカと舵。
舵「怪我とか、なかった？」
ハリカ「うん」
舵「工場の方に警察とか」
ハリカ「（首を振る）」
舵「被疑者死亡で書類送検されたから、もうご迷惑かけることはないと思います」
ハリカ「（頷き）ありがとう」
舵「え、何で」
ハリカ「持本さん、助けてくれたから」
舵「（苦笑し）いやいや」
ハリカ「ほんと」
舵「いやいやいや……」
舵、店内を見て、思い返して。
舵「俺もあいつも同じ道歩いてて。ひとりだけ穴に落ちたんだ。どっちが落ちても不思議じゃなかった。あいつがしたことは俺がするはずだったことかもしれないんだ……」
ハリカ「（そんな舵を見て）……スマホで、『猫　流し目』で画像検索してみてください」

舵「『猫　流し目』？」
　舵、スマホを出し、打ち込んで、検索し。
舵「（画面を見て、ぷっと微笑って）」
ハリカ「（微笑って）それ」
舵「（ハリカが励ましてくれたのだと察し、微笑って）」

１５　るい子のアパート・室内

　るい子、出かける支度をしていると、スマホが鳴る。
　画面を見ると、『持本氏』とある。
　出ずに、支度を続ける。

１６　元カレーショップ『東印度会社』・店内

　舵、スマホでかけているが、出ず。
ハリカ「出ない？」
舵「多分居留守だと思う」
ハリカ「居留守なんか」
舵「あ、もう絶対しそう。すごい居留守しそう。一千万持ち逃げするんだもん、息吐くように居留守するよ」
ハリカ「本当のとこはわからないんだけど」
舵「その状況だったら、犯人は青羽さんしかいないよ。やっぱり警察に……」
ハリカ「林田さんは、警察はやめようって」
舵「一千万なのに？」

ハリカ「(偽札のことがあるが言わず) 多分わたしに心配かけないようにって……家とかってわから
ないんですか?」

舵「何にもわかんない。そもそも子供いたことだって……あ」

舵、突然床に這いつくばり、テーブルの下に入る。

ハリカ「え?」

舵「あの時、電話かかってきて、それを西海がメモして……」

舵、頭をぶつけながら何かを摑み、出て来る。

携帯番号の書かれたメモ用紙をハリカに見せて。

舵「青羽さんの息子の電話番号」

ハリカ「あ」

舵、スマホでその番号にかけはじめる。

舵「大丈夫。林田さんのお金は絶対返してもらうから……(先方が出て) あ、もしもし恐れ入りま
す」

17　花房法律事務所・オフィス内

出前のざるそばを各自のデスクで食べている亜乃音、万平、三太郎。
万平「この間の、改造拳銃の犯人にしてもさ」
亜乃音、……。
万平「何でわざわざこんな田舎に逃げて来るかな」
三太郎「あれはでも、会社でひどい目に遭ってたらしいじゃん」
万平「人を殺める(あや)ような奴に、そんな言い訳関係ないよ」
三太郎「四十年国選弁護人やってた人の言うことかな」

万平「四十年の結果ですよ。犯罪者の弁護は懲り懲りだ……亜乃音さん」
亜乃音「（内心どきっとし、蕎麦を口に入れたまま止まる）」
万平「後で倉多（くらた）さんところに訴状のコピー届けてもらえますか」
亜乃音「（飲み込んで）わかりました」

18　とある家の前〜通り

会釈し、家から出て来た亜乃音。

歩き出しかけて、ふと思い立ち、踵を返して別方向に歩き出す。

19　ガソリンスタンド近くの通り

ガソリンスタンドの方を見ている亜乃音。

しかし店には玲はおらず、男性店員がいるだけ。

亜乃音、自嘲的に苦笑し、踵を返して歩き出す。

すると通りに学校帰りの小学生、陽人がおり、何やらしゃがんで、探しものをしている。

亜乃音、少し近付いて見守る。

必死に探している陽人。

亜乃音、我慢できずに、歩み寄って行き。

亜乃音「（伏し目がちに）どうしたの？　何か落としたの？」

陽人「一億円だよ」

亜乃音「え？」

陽人「袋にね、おじいちゃんの一億円が入ってるの」

亜乃音「（よくわからないが）ここに落としたの？」

亜乃音、一緒に探しはじめる。

亜乃音「どんな色の袋?」

陽人「えっとね、オレンジ」

亜乃音「オレンジね」

亜乃音、地面に膝をつき、這って探す。

陽人「僕、馬鹿だからさ、すぐ落としちゃうんだよ」

亜乃音「大丈夫」

陽人「駄目人間なんだよ」

明るく言う陽人。

亜乃音、そんな陽人を心配し。

亜乃音「そんなことないでしょ」

陽人「普通は落とさないでしょ?」

亜乃音「普通? 誰かに言われたの?」

陽人「みんな言うよ。普通は落とさないよって」

亜乃音「そうなの? じゃあおばさんは、普通は嫌だな」

陽人「えー」

亜乃音「だって落とし物したら、探すことができるじゃない。探しものしたらもっと面白いものが見つかるかも」

陽人「あーわかる」

亜乃音「(微笑って)わかる?」

陽人「探すの面白いよね」

亜乃音「面白いよね(と言って、気付く)」

植え込みにオレンジの巾着袋を見つけた。

亜乃音、手にして。

亜乃音「これ?」

陽人「それ!」

亜乃音、陽人の手に持たせてあげる。

陽人、開けてみると、中から出て来たのは昔の一万円札と同じ図柄で、一億円と書かれてある。

伊藤博文の顔が、陽人の似顔絵になっている。

亜乃音、その出来映えに驚き、え……、と。

陽人「おじいちゃんがくれたの」

亜乃音「そう……」

20　玲のアパート・前の通り

歩いて来る亜乃音と陽人。
亜乃音「(唇を震わせて、ぷるるる、として)こう?」
陽人「違うよ、(唇を震わせて、ぷるるる、と)」
亜乃音「(唇を震わせて、ぷるるる、と)」
陽人「そうそう、上手い上手い」
亜乃音「やったあ」
陽人「じゃあ、それで自己紹介して?」
亜乃音「え?」
その時、アパートから出て来た玲。
玲「陽人?」

亜乃音、しまった……、と。

陽人「ただいま！」

陽人、玲の元に駆け寄って行く。

玲「（亜乃音をちらっと見て、陽人に）どうしたの」

陽人「一緒に探してくれたの（と、巾着袋を見せる）」

玲「そう……」

玲、立ち尽くしている亜乃音の元に歩み寄る。

亜乃音「（何と言えばいいか言葉が出ず）……」

玲「（目は合わさずに）あとで、夜、時間ありますか」

亜乃音「（え、と）……うん」

21　都内、タワーマンション・外

歩いて来たハリカと舵、見上げて。

舵「青羽さんちって、お金持ちだったんだ……」

22　同・エントランス

ハリカと舵、インターフォンを押そうとすると。

音声案内「こんにちは」

急に喋（しゃべ）ってきたので驚くハリカと舵。

音声案内「ご住居の方ですか、ご来客の方ですか」

ハリカ・舵「ご来客」

音声案内「聞き取れませんでした。もう一度お願いします」

舵「(ハリカに、言ってと)」
ハリカ「ご来客」
音声案内「もう一度お願いします」
ハリカ「(舵に、言ってと)」
舵「ご来客」
音声案内「ご訪問されるお部屋番号をお話しください」
二人、おー！　よし！　となって。
ハリカ「(スマホのメモを見て)三二〇三」
音声案内「聞き取れませんでした。もう一度お願いします」
舵「三二〇三」
音声案内「はじめからお願いします。こんにちは」
身もだえするハリカと舵。

23　同・相良(さがら)家の居間

お洒落な内装で、緊張しているハリカと舵。
ふかふか過ぎるソファーなので、ついつい後ろに沈んでしまっていると、上品で優しそうな老婦人、相良百合恵(ゆりえ)(75)が来て、紅茶を出して。
百合恵「るい子さんの小学校の、同窓会ですか」
ハリカ・舵「はい」
音声案内に話すようにはきはきと答えてしまう。
百合恵「(え？　と怪訝に)」
舵「(慌てて、普通に)はい。持本と申しまして、るい子さんの同級生です」

百合恵「（会釈し）義理の母です」
舵「あの、るい子さん（はどこに）……」
百合恵「るい子さんが今どこにいるのかご存知ですか？」
ハリカ・舵「（え、と）」

24　タワーマンション近くの通り

不安そうに歩いて来るるい子。
るい子の方を向きながら先を歩くアオバ。

25　タワーマンション・相良家の居間

百合恵の話を聞いているハリカと舵。
百合恵「半年前、自分の子供を残して突然出て行ったんです。孫があまりにかわいそうで」
舵「出て行った理由はわからないんですか？」
百合恵「（言いにくそうに）あの人、ある時から急におかしなことを言うようになったんです」
舵「おかしなこと」
百合恵「見えるって」
ハリカ「見える？」
その時、居間に入って来る相良樹（いつき）（15）。
百合恵「あ、樹。（舵を示して）お母さんの同級生。この方たちもお母さん探してるんですって」
樹「ふーん（と、興味なさそうに）」
百合恵「この間お母さんに電話したじゃない」
樹「したっけ」

百合恵「お父さんが電話しなさいって言って」

興味なさそうに台所に入り、冷蔵庫を開ける樹。

百合恵「お腹空いたの？　何か作りましょうか」

樹「何？」

百合恵「何がいいの？」

樹「ファミマの唐揚げ」

百合恵「じゃあ、買って来てあげるから待ってて」

樹「風呂入りたいんだけど」

百合恵「すぐ沸かすわ」

樹「早くして」

樹、その場でズボンを脱ぎはじめる。

ハリカと舵、え!?　と。

靴下も脱ぎ、シャツも脱ぎながら出て行く。

百合恵、それをひとつひとつ拾う。

舵「あの、青羽さんのお友達とかって……」

百合恵「あおば？（と、顔をしかめて）」

舵「青羽るい子さん。旧姓ですよね、青羽って……」

百合恵「違います。その名前違います（と、強い拒絶感）」

舵「え、じゃあ、えっと……」

百合恵「アオバというのは、るい子さんが見えると言い張ってた、幽霊の名前です」

ハリカ・舵「（え、と）」

26 同・外

緊張のあまり動けず、立ち尽くしているるい子。
アオバ、るい子の背中に立ち、手のひらを当てる。
るい子、背中に手のひらを感じる。

アオバ「大丈夫。上手くいく。大丈夫。上手くいく」

アオバ、るい子の背中をそっと押してあげる。
るい子、それを感じながら踏み出し、歩きはじめる。
るい子、ありがとうと後ろに目線で伝え、歩く。
微笑みながら見送っているアオバ。

27 同・エントランス

出て来るハリカと舵。

ハリカ「えーどうしよ、どんな幽霊が見えるのかな」

舵「え、あんな話信じてるの?」

ハリカ「怖い怖い怖い(と、嬉しそうに地団駄)」

舵「いやいや、何か間違いだよ……」

するとその時、入って来るるい子。
双方、!　となって。

ハリカ・舵「青羽さん!」

背後で音声案内が反応して。

音声案内「聞き取れませんでした。もう一度お願いします」

るい子「違います」

音声案内「もう一度お願い……」

ハリカと舵、二人でるい子を挟む。

るい子、くるくる回って、ハリカと舵も回る。

舵「お金返してください」

ハリカ「幽霊ってどんな」

音声案内「もう一度……」

るい子「世界には似てる人が三人いて」

音声案内「もう一度……」

ハリカ「幽霊って」　**舵**「お金返して」

音声案内「もう一度お願い……」

舵「（音声案内に）ちょっと待ってて。待って」

音声案内「もう一度お願いします」

るい子、落胆して力が抜けて。

るい子「違うの……」

28　るい子のアパート・階段〜廊下

ハリカと舵を連れて、戻って来たるい子。

階段を上がって行こうとすると、降りてくるボストンバッグを持った本田。

本田は目を合わさずに通り過ぎ、立ち去った。

特に気にせず、部屋に入る三人。

足下に、曲がった針金が落ちているが、気付かない。

29　同・室内

向かい合って座っているハリカと舵と、ふてくされたような様子のるい子。

ハリカ・舵「あの」
るい子「何でしょう」
ハリカ「幽霊見えるって本当ですか？」　**舵**「お金、どこにあるんですか？」

舵、え？　とハリカを見る。

ハリカ「幽霊って」
舵「ハリカちゃん」
るい子「(苦笑し)あの家で聞いてきたの？」
舵「いや、まずお金のことを……」
るい子「見えるけど？」
ハリカ「え、どんな時に見えるの？」
るい子「どんなっていうか、今見えてる(と、見ると)」

舵の目の前に座っているアオバ。

るい子「持本さんの目の前」
舵「え……」
るい子「いつでもキスできる距離にいる」
舵「(身を引き、見回し)冗談やめてください……」
ハリカ「えー」

ハリカ、嬉しそうに舵の前に行き、手探りする。

舵「いないよ、いないって」

るい子の横に戻るアオバ。

ハリカ「ずっと見えてるの？　幽霊」

るい子「ずっとっていうか、鼻ぐらいの感じ？」

ハリカ「鼻？」

るい子「（自分の鼻を示し）自分の鼻って、見方によっちゃ見えるでしょ？」

ハリカ、舵、目を寄らせて自分の鼻を見て。

ハリカ「あ、見えます」

舵「見えますけど」

るい子「鼻って普段気にしてない時は見えないけど、いったん見えちゃうと、何かと視界に入ってくるでしょ？　こう」

舵「（視線を動かし、鼻を見て）あーはいはい」

ハリカ「（視線を動かし、鼻を見て）気になります」

るい子「そういう感じで幽霊が見えるの」

舵「え？」

ハリカ「やっぱり髪の毛長くて、白い服着て」

るい子「（鼻で笑って）」

ハリカ「それか、落ち武者とか」

るい子「それはあなた、世間の勝手なイメージ」

ハリカ「そうなんですか？」

るい子「だってそんなのおかしいでしょ、生きてる時はユニクロとかグッチの服着てるのに、何でわざわざ死んだら白いのに着替えるの。どこで着替えるの？　更衣室？」

舵「更衣室はないですよね」

るい子「女は白い服、男は落ち武者、何それ？　昨日会社員だったのに死んだら鎧着るの？　オプションで矢刺すの？」
ハリカ「すいません」
るい子「幽霊に失礼でしょ、偏見でしょ、幽霊差別でしょ」
舵「（ぷっと微笑って）」
るい子「何？」
舵「いやいやあの、別に信じてないわけじゃないんですけど、そもそも何で青羽さんには幽霊が見えるんですか」
るい子「……（言いたくない）」
舵「基本的に、あれですよね。なんてゆうか……」
るい子「わたしの心の病気？」
舵「まあ……」
るい子「義理の母もそう言ってた。わかんないよ。わたしには見えてるとしか言いようがないし……」
るい子によりかかって、うとうとしているアオバ。
るい子「（そんなアオバを見ながら）体温だって感じるんだもん」
思いの込められた言葉だ。
ハリカ、舵、それを感じ、……。
るい子「いないとは言えないでしょ。いるのにいないって言われたら本人ショックじゃない」
はい、と恐縮して頷くハリカと舵。
るい子「ずっと一緒だったんだもん。娘だし、友達だし、わたし自身だし。この子がいなかったら、わたし今頃……（我に返って苦笑し）ま、それを心の病気って言うんだろうけど。いるの」
るい子、自分の肩に凭れてすやすやと眠るアオバを愛しく見つめる。

アオバの声「幽霊だって必要な時は寝たふりをする。その時わたしは起きていたけど、母の顔を見るわけにはいかなかった。見たら泣いてしまう。ごめんねお母さん、いっつも困らせてばっかりで」

30　回想になって、病院のベッド

夫の相良周平(しゅうへい)に見守られ、産まれたばかりの樹を抱きしめている三十五歳のるい子。
その様子見つめ、カーテンの向こうに消えるアオバ。
るい子、ふっと顔を上げると、もうアオバはいない。

アオバの声「その時わたしが母の元を離れたのは絶妙のタイミングだった。母はようやく本当のお母さんになれたんだ」

31　タワーマンション・相良家の部屋（日替わり）

三歳の樹の手を引いて入って来るるい子と周平、出迎えた百合恵に。

るい子「今日からお世話になります」
百合恵、樹が赤い服を着ているのを見て。

百合恵「あら、男の子のくせに赤いのなんか着ちゃって」

るい子「(その言葉に違和感があって)」

×　×　×

日替わり。
るい子がテーブルに飾る花瓶の花を眺めている樹。

るい子「樹はお花好き?」

樹「(頷き) うん。綺麗だね」

×××

日替わり。

るい子、不器用な手つきで料理をしていると。

百合恵「るい子さん、周平にビール出てない」

仕事帰りでソファーで寝転がって、靴下を脱ぎ散らかして、テレビを見ている周平。

るい子「自分で……」

百合恵「早く持ってってあげて。おつまみは？」

るい子「……はい」

周平、見ると、樹が仕事の書類に落書きをしている。

周平「あ、コラ、何してんだ」

周平、書類を取り上げ、樹の手をパチンと叩く。

ビールを持って来たるい子、それを見て。

るい子「ねえ、叩かないで」

周平「ちょっとぱちんってしただけだよ」

るい子「ちょっとでも。子供って、自分がされたことを人にもするようになるんだよ」

周平、ビールグラスを置き、注いで、と。

るい子、ビールを注ぐ。

その様子をじっと見ている樹。

るい子、これは違うのと思いながら、微笑んで。

×　×　×

日替わり。
おままごとの玩具で、料理を作って遊んでいる樹。

樹「お召し上がりください」
るい子「いただきます」
百合恵がその様子を見て。
百合恵「男の子なのにおままごとなんか恥ずかしい（ミニカーを示し）これで遊びなさい」

×　×　×

廊下で話するい子と百合恵。
るい子「男は、とか、女は、とか、簡単に二つに分けるんじゃなくて、樹自身が持ってる個性を……」
百合恵「何なの？　何でわたし、怒られてるの？」
るい子「いえ……」

×　×　×

日替わり。
樹、恐竜のフィギュアで遊んでおり、置いてあった花を恐竜で踏みつけている。
樹「がーお、がーお、がーお」
るい子「（見て）樹、何してるの。お花がかわいそうじゃない」
樹「お花はね、弱いの」
樹、百合恵の元に行って。

樹「おばあちゃん、勝ったよ」
百合恵「あら、すごいわね」
るい子、悲しげに潰れた花を手にして、……。

××

日替わり。
るい子、慌てて帰って来て部屋に入ると、小学三年生になった樹、ベイブレードで遊んでいる。
るい子「樹」
樹「今忙しい」
るい子、樹の手からベイブレードを取り。
るい子「京香(きょうか)ちゃんの、胸、無理矢理触ったって本当？」
樹「みんなやってるよ」
るい子「京香ちゃん、泣いてたって」
百合恵がケーキを持って出て来て。
百合恵「どうぞ」
樹「(百合恵に)コーラも」
百合恵「はい、今持っていくね」
樹、ケーキを持って部屋を出て行く。
るい子「樹、待ちなさい」
るい子、樹を追おうとすると。
百合恵「大袈裟な子がいるのね。男の子ってそういうものでしょ」
るい子「それは男性に対して失礼だと思います」

×　×　×

夜遅く、帰宅した周平が放り出す上着を、るい子、ハンガーにかけながら。

るい子「ねえ、このままじゃ樹が……」
周平「（ぶつぶつと）文句あるなら出て行けよ」
るい子「え？」
周平「何が？　何も言ってないけど？」
るい子「……」

×　×　×

日替わり。
るい子、掃除をしていて目眩がし、しゃがみ込む。
ひどく具合が悪そうにしていると、中学生になった樹が帰って来た。

るい子「おかえり……」
樹「腹減った」
るい子「ごめん。キッチンにパンあるから……」
樹、舌打ちし、行く。
驚くるい子、必死に立ち上がり、樹を追って。
るい子「ねえ、今見てわからなかった？　お母さん、具合悪いの」
樹「病院行けば？」
るい子「具合悪い人に最初に言う言葉が病院行けば？」
樹「え、何が？　何で俺文句言われてるの？」

るい子「お腹がすいたなら自分で用意して食べるんだよ」

樹「（ため息をつき）更年期？」

言い捨て、行ってしまう樹。

るい子、呆然とし、そのまま崩れて倒れてしまう。

上着を着て戻って来た樹、倒れているるい子をまたぎ、玄関から出て行った。

奥から洗濯物を抱えた百合恵が来て、またるい子をまたいで行った。

苦しそうにしているるい子が伸ばした手に、そっとアオバが手を伸ばしてきて、重ねる。

32　病院のベッド

ひとり横たわっているるい子。
目を覚ますと、アオバが椅子に座っている。
アオバ「お母さん、久しぶり」
るい子「（ぽかんとし、頷く）」
アオバ「（自分を示し）おぼえてる？」
るい子「（頷き）アオバ」
アオバ「（微笑って）良かった。あ、もうほら最後に会ってから十五年経つし、そもそもわたし死んで三十年だし」
アオバ、枕元の文庫を手にし、逆さに読んだりして。
アオバ「あ、今いて大丈夫？」
るい子「（頷き）……どうしてずっと消えてたの」
アオバ「だってお母さんにはちゃんと産まれた子供がいるじゃん。産まれなかった方がいつまでもいちゃおかしいでしょ？」

るい子「わたしのところにいない時はどうしてるの?」
アオバ「どうしてるっていうか、まあ、うろうろ」
るい子「ひとりで? いつもひとりなの?」
アオバ「うん」
るい子「ずっと?」
アオバ「え、何で? 変?」
るい子「変っていうか……わかんないけど」
アオバ「(微笑って)あ、でも、想像しないこともないよ? お母さんがお母さんで、わたしが娘で、そうやって普通に一緒にいたら、どんなだったかなとか」
るい子「(そのことを思う)……」
アオバ「一日ね、そういうこと考えながら過ごす日もあるよ(と、想像してみて、笑みを浮かべ)結構楽しい」
るい子「(アオバを見つめ、辛く)……」
アオバ「まあでもね、これで良かったんだよ。わたしが産まれてたらお母さんの人生は変わっちゃってたよ。今の子は産まれなかっただろうし、これで良かったんだよ」
るい子「(苦しく、顔が歪んで)」
アオバ「どうしたの?」
るい子「(首を振るが、思いが込み上げる)」
アオバ「え、お母さん、どうしたの」

シーツで顔を隠し、嗚咽(おえつ)するるい子。
アオバ、るい子の手を握りしめる。
るい子もまた握り返す。

アオバの声「母は、実際にはなかったわたしとの人生を想像して、泣いてくれた。だけどそんなにも悲しく残酷な想像はこの世にない。母の心は半分にちぎれた」

33　タワーマンション・相良家の部屋（日替わり）

食卓に座り、スマホを見ながら食事している樹。
るい子が来て、樹の前に座って。

るい子「あのね、樹。お母さんさ、最近幽霊が見えるようになった。何の幽霊かっていうとね……」
樹、は？　と一瞥（いちべつ）し、またスマホに戻る。

るい子「何て言うか、お母さんには願望みたいなものがあって。それは絶対、絶対に許されない願望なんだけど、このままじゃ、そっちに行ってしまいそうなの。そっち選んでしまいそうなの。だから、そうなる前に樹にお願いがあるの。お母さんと一緒にこの家から出てくれないかな」
反応しない樹。

るい子「お願い。お母さん、樹のお母さんでいたいの」
るい子、決意の思いで話し、返答を待っていると。

樹「え、てゆうか、専業主婦がどうやって？（と、嘲笑）」

るい子「お母さんも昔働いてたんだよ。誰より仕事できたの」

樹「いや無理でしょ」

るい子「無理じゃない。わたし、お金稼げるの」

樹「五十でババアが（と、嘲笑）」

るい子「わかった。待ってて。お母さん、お金稼いで、絶対あなたを迎えに来るから」

34　同・外

両手にバッグを提げて、出て来たるい子。
共に歩いて行くアオバ。

アオバの声「そんな母の決意も願いも、今までずっとそうだったように当然実ることはなかった」

35　現在に戻って、るい子のアパート・室内

るい子の肩に寄りかかって眠っているアオバ。
向き合っているハリカと舵と、るい子。

舵「盗んだお金、返してください」
るい子「ねえ、こうしようか？　この三人で山分けするの」
舵「(首を振り) 返しましょう」
るい子「見つかりませんでしたって言えばいいじゃん」
舵「駄目です」
るい子「黙ってればわかんないよ」
舵「(首を振る)」
るい子「わたし、お金いるの。意味わかんないでしょ？　わかんないと思うけど、いるの、お金いるのよ。無いと、証明できないんだよ、無きゃ駄目なの。ね？」
舵「すいません、ちょっと失礼しますね」
舵、押し入れを開け、中を見回す。
るい子「無いよ、そんなところにあるわけないでしょ、無いって」
舵、台所に行く。

るい子「無いって！」

　るい子、舵を追って、腕を引き、止める。

　舵、逆にその手を掴んで。

舵「ハリカちゃん。ここ開けて」

　ハリカ、困惑しながらも台所の下の戸を開ける。

るい子「ちょっと離して。無いって言ってるでしょ、無いって」

　ハリカ、壺を取り出す。

るい子「離して、無い無い、無いの」

　ハリカ、壺を開けると、中は空だ。

ハリカ「ありません」

　るい子、え、と舵の手を振り払って。

るい子「(壺の中を見て)え……え？」

　動転し、部屋を見回するい子。

　バッグの中を見たり、押し入れを見たりする。

るい子「え、だって、そこに……(あ、と気付いて)」

舵「青羽さん？」

るい子「盗まれちゃった(と、なんか微笑ってしまって)」

　るい子、慌てて部屋を出て行く。

36　同・廊下～階段

　るい子を追って、部屋から出て来るハリカと舵。

　すると前方の階段で、ダダダと転げ落ちる音。

ハリカと舵、駆け寄って、見下ろすと、階段下で、変な格好で倒れているるい子。
驚き、駆け下りて、舵、るい子の体を抱き起こす。
舵「青羽さん……?」
るい子、ぼんやりした目で別の方向を見ている。
そこにはアオバがいて、るい子の頬を撫でている。
アオバ「もういいよ、お母さん。こっちにおいでよ」
るい子、……。
ハリカと舵にはその様子は見えておらず。
ハリカ・舵「青羽さん……!」

37 同・室内

敷かれた布団に横たわっているるい子。
絆創膏を箱から出しているハリカ、台所で水を汲んでいる舵。
舵、水を持って来ると、るい子、大丈夫ですと上体を起こして受け取り、水を飲んで。
るい子「……わたし、持本さんにはじめて会った時、言いましたよね。死に場所探しましょうって」
舵「はい」
るい子「あれ、間違ってました。わたし多分もう、半分向こう側にいるんです。半分向こうにいて、生きてる子供から愛されないから、死んだ子供のことを愛してるんです。そんな人間、駄目っていうか、まあ、駄目ですよね」
るい子、コップを置いて、正座して。
るい子「(頭を下げて)ごめんなさい。わたし、あの家に帰ります。帰って、妻として、母親として、役目をまっとうします。お金は、お義母さんと、主人に借りて、お返しします。ごめんなさい」

ハリカ、そんなるい子をじっと見据えていて。

るい子「あ、すいません、手」

ハリカ「あ、自分で……」

しかしハリカ、るい子の手を取って、手のひらのすり傷に絆創膏を貼ってあげながら。

るい子「幽霊って、幽霊はどうするんですか？」

ハリカ「（首を傾げ）また消えてくれるんだと思う」

るい子「ふーん。へえ」

ハリカ「うん？」

るい子「え、何で幽霊が好きだと駄目なんですか」

ハリカ「え？」

るい子「何で死んでたら好きになっちゃ駄目なんですか。生きてるとか死んでるとかどっちでもよくないですか」

ハリカ「（苦笑し）だって……」

るい子「生きてても死んでても、好きな方の人と一緒にいればいいのに」

ハリカ「……（と、動揺するものがあって）」

るい子「（絆創膏を貼り終え）あ、曲がっちゃった」

ハリカ「（大丈夫です、と）」

正座して聞いていた舵、顔をあげて。

舵「あの、さしでがましいようですが」

るい子「さしでがましいですよ」

舵「すいません、でも……」

るい子「（動揺していて）黙っててもらえますか」
舵「すいません、でも帰らないでほしいです」
るい子「もうさ、勝手に感情移入しないでください。あなたには関係ないでしょ」
舵「はい、関係ありません、でも帰らないでほしいです」
るい子「やめてもらえます？」
舵「すいません、やめません、ハリカちゃんごめん、ちょっとごめん、席外してくれる？」
ハリカ、勢いに押されて、はいと頷き、部屋を出る。
すっと入れ替わりに入って来るアオバ。
アオバ、立って、向き合う舵とるい子を見る。
るい子「何なんですか？」
舵「行かないでください。帰らないでください」
るい子「そんなことはわたしの……」
舵「あなたのことが好きなんです」
るい子「……」
見守っているアオバ。
舵「あなたのことが好きだから、行ってほしくないんです。誠に身勝手な話ですが」
るい子「（顔を逸らして）……誠に身勝手だね」
舵「はい（と、頭を下げる）」
アオバ、目を逸らしたるい子の顔を見ると。
るい子「（高ぶる思いがあって）」

３８　同・廊下～室内

ハリカ、待っていると、ドアが開き、出かける支度をしたるい子が出て来る。

るい子「ちょっと出かけてきます。別に逃げませんから」

ハリカ「はい」

３９　タワーマンション・相良家の部屋（夕方）

百合恵が玄関を開けると、食材の入ったスーパーの袋と小さな花束を持ったるい子が立っている。

百合恵「（笑顔で）どうぞ」

るい子、百合恵に導かれ、会釈しながら中に入る。

居間のダイニングテーブルに周平が座っている。

周平「（淡々と）久しぶり。（前の椅子を示し）どうぞ」

るい子、座る。

周平、るい子の前に離婚届を差し出す。

るい子、……。

周平「半年もいなかったんだから異論はないと思うけど」

るい子、見ると、『夫が親権を行う子』の欄に、相良樹の名前がある。

るい子「……樹は？」

周平「部屋にいるよ。あいつも会いたがってないから……」

るい子「晩ご飯作らせてもらえませんか？　最後に、樹の晩ご飯を。樹と一緒に支度したいんです」

×　×　×

台所で食材を並べているるい子。
廊下で樹と周平が話していて、るい子にも聞こえる。
樹「何で？　意味わかんないんだけど」
周平「それで気が済んだら、サインするって言ってるんだから」
嫌そうに入って来る樹。
笑顔で迎えるるい子。
樹「(舌打ちして) あーもう、早くして」
るい子「うん、すぐ終わるから手伝って。まず手洗おうか」

×　×　×

台所に立っているるい子と樹。
笑顔のるい子、まな板に野菜を置いて。
るい子「じゃ、これ切って」
樹、ため息をつき、包丁で切りはじめる。
るい子「左手で押さえて、そう、できるじゃん。上手い上手い」

×　×　×

るい子、野菜を煮ながら、ボウルに入れた挽肉(ひきにく)を樹に渡して。
るい子「はい、じゃあこれこねて」
樹「手汚れる」

るい子「食べ物だよ。空気をね、こう、中に入れるようにするの」

×　×　×

るい子、フライパンでハンバーグを焼いて。

るい子「はい、ひっくり返して（と、コテを渡す）」

樹、やってみるが、上手くいかない。

るい子「もう一回」

ひっくり返った。

るい子「そうそうそう、はい、次こっち」

×　×　×

るい子、ご飯をよそってトレイに載せて。

るい子「はい」

樹、料理を載せたトレイを運び、食卓に並べていく。

るい子「おかずはこっち。お箸はこっち向き」

るい子が直したのを真似して、直す樹。

四人分の食事が出来上がった。

るい子「出来た。じゃあ……」

樹「これは？」

樹、置いてあった花束を摑んでいる。

るい子「あ。うん、飾ろうか」

樹、小さな花瓶を持って来る。

るい子「ありがとう」
　樹、るい子から花を受け取り、自分で活ける。
るい子「（嬉しく見ていて）」
　るい子、花瓶を受け取って、食卓に飾る。
樹「お父さんとおばあちゃん、外に食べに行った」
るい子「そっか。うん、じゃあ二人で」
　るい子、座るが、樹はその場を離れて。
樹「食べる約束はしてないから」
るい子「うん、でもせっかくだし。自分で作ったご飯って……」
　樹、離婚届を持って来て、テーブルに置く。
樹「サインして置いといて」
　と言って、部屋を出て行った。
　ひとり残されたるい子、……。
　諦めて箸を取り、手を合わせて。
るい子「いただきます」
アオバ「いただきます」
　るい子、見ると、前にアオバが座っていて、手を合わせている。
るい子「……（微笑って）いただきます」
　るい子、食べはじめ、アオバ、食べるふりをする。
アオバ「美味しい」
るい子「そう？」
アオバ「料理、上手くなったね」

るい子「生意気（と、微笑って）」

×××

書き終えた離婚届が置いてある。

るい子、台所で洗い物を終え、手を拭き、リビングに戻ると、テーブルの上に座っているアオバ。

るい子、自分もアオバの隣に座る。

顔を見合わせ、微笑う二人。

るい子「（微笑って）お行儀悪いんだから」
るい子「……アオバ？」
アオバ「うん？」
るい子「やっぱりそっちには行けないかな」
アオバ「……」
るい子「アオバのこと好きだけど。そっちにはまだ」
アオバ「そっか。いいけどさ、そっちは大丈夫？」
るい子「大丈夫かどうかはわかんないけど、もうしばらくは生きることにするよ」
アオバ「そっか。大変そうだけど、意外とそっちも楽しいんだね」
るい子「ごめん」
アオバ「（肘で突いて）いいっていいって。わたしももうしばらくは幽霊のままいて、お母さんのこと見てるからさ、鼻みたいに」
るい子「あれは……」
アオバ「聞こえてたよ」

るい子「ごめん」
アオバ「（微笑って、鼻の頭を掻く）」
るい子「（微笑って、鼻の頭を掻く）」
　アオバ、手のひらを向けて。
アオバ「はい」
　るい子も手のひらを向ける。
アオバ「ゆっくりね」
　るい子、ゆっくりとアオバの手のひらに重ねる。
アオバ「お母さん、わたし、いい子？」
るい子「うん、いい子」
アオバ「ふーん」
るい子「いい子だよ。お母さん、アオバのこと大好き」
アオバ「ふーん（と、嬉しそう）」
るい子「（微笑み、その横顔を見つめて）」

40　通り

　ハリカと舵、待っていると、向こうから歩いて来たるい子。
るい子「お待たせしました」
舵「もう大丈夫なんですか？」
るい子「はい、用は済みました。これから警察に行って、自首しようと思います」
ハリカ・舵「（え、と）」
るい子「わたし、お金持ってないし、他に償う方法ないから」

舵、ハリカを見ると、ハリカは首を振る。

舵「お金は働いて返しましょう。僕も一緒に働きます」

るい子「一千万ですよ」

舵「林田さんにお話して、待ってもらいましょう」

ハリカ「今から行きましょう。亜乃音さんに会いに」

るい子「(葛藤しながらも)……はい」

安堵して、微笑むハリカと舵。

歩き出す三人。

ハリカ「(るい子の周囲を見回して)」

るい子「何?」

ハリカ「幽霊は」

るい子「幽霊って何?」

ハリカ「え、幽霊いるって」

るい子「(微笑って)冗談に決まってるでしょ」

ハリカ・舵「(え、と)」

るい子「そういうこと言ったら、許してもらえるかなって思って」

ハリカ「えー」

るい子、そう言いながらも、どこか近くにアオバを感じている様子で。

るい子「(微笑んで)」

41 喫茶店・店内(夜)

緊張して、テーブル席で水を飲んでいる亜乃音。

出入り口のドアが開き、入って来る玲。

亜乃音、どきどきして見つめていると、玲、目を合わさず、無言で向かいの席に座る。

玲「すいません、遅くなって」

亜乃音「ううん。ひとり？　あの子は？　大丈夫？」

玲「見てくれてる人がいますから」

亜乃音「そう」

亜乃音、置いてあった苺パックの入った袋を出して。

亜乃音「これね、荷物になるけど……」

玲、いりませんと手のひらを向ける。

亜乃音「……はい（と、椅子に戻す）」

外は雨が降ってきたらしく、窓に雨粒が当たる。

玲「まあ、そのうち見つかるかなとは思ってましたけど、まさか子供利用するとは」

亜乃音「……ごめんね。つい」

玲「つい（と、苦笑）」

亜乃音「すごくいい子」

玲「いいいい、やめて、そういう話」

亜乃音「ほんとにそう思ったの。あなた、いいお母さんなったんだなって。よく頑張ってるなって」

玲「（苦笑し、目を逸らし）」

亜乃音「ひとりで育ててるんでしょ？　大変な時もあると思うの。もしね、もし良かったら、わたしも時間あるから……」

玲「わたし、再婚するんだよ」

亜乃音「（え、と嬉しく）そうなの？」

玲「陽人のことをよく面倒みてくれる人で、春には結婚する約束してる」
亜乃音「そう……（と、高揚していて）」
玲「だから約束してくれるかな。二度とわたしたちに近付かないって」
亜乃音「……」
玲「他人なんだから、当たり前なんだけど」
亜乃音「……（頷き）わかった」
玲「はい、以上です」
　玲、席を立って、出て行こうとする。
亜乃音「玲ちゃん」
　玲、……、と振り返ると。
亜乃音「おめでとう」
玲「……」
亜乃音「玲ちゃん、おめでとう。おめでとうございます」
　亜乃音、自分の（印象的な図柄の）傘を差し出し。
亜乃音「雨降ってきたから」
　玲、苺の時のように手のひらを向けようとすると。
亜乃音「お母さんが風邪ひいたら、子供にうつしちゃうでしょ」
　玲、目を逸らしながら受け取り、出て行く。
　亜乃音、良かった、と嬉しい思いを噛みしめる。

42　玲のアパート・廊下〜室内

　雨の降る中、亜乃音の傘を畳みながら帰って来た玲、玄関のドアの鍵を開けようとすると、向こうから先に開けられる。

玲「ありがとう、ただいま」

陽人を腕に抱き上げて立っているのは、理市。

陽人「おかえり」

理市「おかえり（と、微笑んで）」

第4話終わり

anone
[あのね]

第5話

1　玲のアパート・室内（夜）

帰る理市を玄関に見送る玲。

奥のベッドで陽人が眠っている。

玲「まだ雨降ってる。泊まっていったら？」

理市「また今度にする」

玲、立てかけてあった亜乃音の傘を差しだし。

玲「傘、これ、捨てていいから」

○　タイトル

2　理市の別宅・室内

入って来る理市、傘を置き、明かりを点ける。

部屋には蜘蛛の巣状に洗濯紐が張りめぐらされており、大量の一万円札がクリップで留められている。

その一万円札は、中央だけ通常通りの図柄があるが、上下の両端が白紙になっているという、偽札だ。

理市、ＰＣ画面に表示された波形を見て、そのデータのナンバーを確認すると、０９５８とある。

吊るされた偽一万円札は連番の書かれたポスト・イットがクリップされていて、理市、そこから０９５８の偽一万円札を外す。

理市、０９５８の偽一万円札を両替機に差し込む。

しかし赤ランプが点いて、戻って来た。
やはり駄目かと思って、ふと見ると、床に別の偽一万円札が落ちている。
見上げると、0999のものが外れたようだ。
理市、試しに両替機に差し込んでみる。
緑ランプが灯り、本物の千円札が十枚出て来た。
理市、……と、PCの画面で、0999の波形データを確認して。

理市「……やった（と、0999の偽一万円札を掲げ）」
理市、立ち上がって、部屋中を歩き回る。

理市「やった、やった、やった、やった、やった」
台所に行き、蛇口をひねって、頭から水をかぶる。

3 理市の自宅アパート・室内（日替わり、早朝）

ベッドに眠っている結季、ふと目を覚ますと、理市がベビーベッドに眠る赤ん坊を優しく見つめている。

結季「おかえり」
理市、赤ん坊の手に触れると、握り返してきた。
見つめ、涙ぐむ理市。

結季「（そんな理市を見て、身を起こし）どうしたの？」

理市「（何でもないよと首を振り）やっと朝が来たんだ。これからはじまるんだ」

4 とあるビル・廊下（日替わり）

清掃員の作業服を着たハリカ、床に張り付いたガムをコテで剝がしている。

進んでいくと、壁にぶつかった。
頭上にあのハシビロコウのポスターがあった。
ハリカ、嬉しく、ハシビロコウにどうもと会釈する。

ハリカの声「おはようございます、彦星くん」
彦星の声「おはようございます、ハリカちゃん」

5　同・屋上

腰掛け、既に食べ終えたお弁当が脇にあって、スマホのアプリで彦星と話しているハリカ。

ハリカの声「それで、盗んだお金を盗まれた青羽さんと持本さんが亜乃音さんのところに行ったんです。行ったんですけど」

6　回想、林田印刷所・二階の部屋

洗濯物を畳んでいる亜乃音。
その前に正座して、頭を垂れているるい子。
少し離れて、並んで座っているハリカと舵。

るい子「これから自首してまいります」
亜乃音「(ため息をつく)」
るい子「してきますので」
亜乃音「ハリカちゃん」
ハリカ「はい」
亜乃音「そういうのもう結構ですって、この方に」
ハリカ「(口調も真似し、るい子に)そういうの結構です、そういうのもう結構です」

るい子「自首させてください」
亜乃音「困るんですよ」
ハリカ「（るい子に）困るんですよ」
　るい子、自然と洗濯物を畳むのを手伝う。
るい子「わたしが自首しないと、盗まれたお金返って来ません」
亜乃音「どっちにしても返って……ちょっと、手伝わないで」
ハリカ「（るい子に）手伝わないで」
るい子「手伝わさせてください」
亜乃音「そういうの自己満足ですから」
舵「大金ですし、お詫び申し上げたいなと思いまして」
亜乃音「もち」
舵「持本です」
亜乃音「おぼえにくい名前。（るい子に）手伝わないで」
るい子「自首させてください」
亜乃音「もうお昼の時間なので」
ハリカ「もうお昼の時間なので」
舵「お昼、お昼ですか、お昼、自分作ります」
るい子「（舵に）焼きうどん」

×　×　×

　食卓を囲んでいるハリカ、舵、るい子、亜乃音。
ハリカ「（焼きうどんを食べて）美味しい」

るい子「でしょ」
亜乃音「ハリカちゃんは何食べても美味しいって言うの」
舵「そうなの?」
ハリカ「何食べても美味しいです」
舵とるい子が食べるのを待っているので、亜乃音、面倒そうにひと口食べる。
見守るハリカ、舵、るい子。
ふいに席を立つ亜乃音、冷蔵庫を開ける。
え、何? と三人。
何やらタッパを持って来た亜乃音、開けて、中の紅ショウガを菜箸で取って、みんなの皿に添えていく。
ハリカ・舵・るい子「あー」
また食べはじめる亜乃音。
亜乃音「(食べて、舵を見て無愛想に、うんと頷く)」
舵「(安堵して息を吐いて)」
食べる四人。
亜乃音「自首なんてして、警察にどう説明するっていうの」
るい子「それは勿論、正直にといいますか」
亜乃音「ここで一万円札刷ったことも話さざ、話さざるをえなくなるでしょ?」
るい子「それは上手く話さざざずに、口裏を合わせまして」
亜乃音「わたし、弁護士事務所で働いてるんです。そんなことが表沙汰になったらどうなると思う?」
舵「でも一千万円返って来るかもしれませんし」
亜乃音「あんなお金、どこかに寄付しようと思ってたの元々」

るい子「亡くなったご主人の保険金なんですよね？」
亜乃音「（食べて、答えず）」
ハリカ「色々事情があったんです、亜乃音さんと夫さんは」
亜乃音「余計なこと言わない」
ハリカ「はい」
亜乃音「そういうことのね、色んなことを調べられて、知らなくていいことも知らされて、そういうの嫌なんです。警察だけはやめてください」
舵とるい子、顔を見合わせて、……。
舵「僕も青羽さんも身ひとつの一文無しですが、許されるなら、お金は働いて必ずお返しします」
るい子「必ずお返しします」
頭を下げる舵とるい子と、合わせて下げるハリカ。
亜乃音「（ため息）」
その時、インターフォンが鳴る。
亜乃音「……（思い当たって）あ」

7　同・外

クーラーボックスを持って立っている万平。
ハリカの声「その日は、亜乃音さんの職場の弁護士さんが魚料理をふるまってくれる予定だったらしく」
亜乃音、ドアを開けて出て来て。
万平「（微笑み、空を示し）冬日和（びより）ですよ」
亜乃音「そうですね（と答えるものの、それどころではなく）」

8　同・二階の部屋

話しているハリカ、舵、るい子。

ハリカの声「弁護士という言葉に二人はおののき」
舵「僕らのこと知られたら、亜乃音さんまずいですよね」
るい子「失職の恐れがありますね。家族ってことにしましょう」
舵「あー。えっと、じゃあ、青羽さんは」
るい子「亜乃音さんの妹」
舵「じゃ、僕はその夫」
るい子「ハリカちゃんはわたしたちの娘」
ハリカ「え」
ハリカの声「で、わたしたち、亜乃音さんの家族になりますことになったんですけど」

9　同・外〜工場内

話している亜乃音と万平。

亜乃音「いえ、親戚でも何でもないんですけど」
万平「大丈夫なんですか？」
ハリカの声「その頃亜乃音さんはとっくに、わたしたちがよく知らない他人だと伝えてしまった後で」

工場から出て来るハリカ。

ハリカ「（亜乃音に）叔母（おば）ちゃん」

ハリカ、ちょっとこっちにと呼ぶ。

亜乃音「叔母ちゃん？」

ハリカ、亜乃音に耳打ちする。

ハリカの声「それを知らないわたしは計画を亜乃音さんに伝えるだけ伝えて」

ハリカ「亜乃音さんも合わせてくださいね」

告げて、さっさと戻って行くハリカ。

亜乃音「待って」

万平が入って来る。

亜乃音、弱った顔で万平に相談する。

ハリカの声「そのことを亜乃音さんが正直に打ち明けると」

万平「じゃあ、僕らの方でそのなりすましに合わせてさしあげましょう、せっかくだし」

亜乃音「（え、と）」

10　同・二階の部屋

身なり、髪型を整えて、素知らぬ感じを作って待機している舵とるい子。

奥に隠れて待機しているハリカ。

ハリカの声「わたしたちはそうと知らずに、まったく必要のないお芝居をはじめたのです」

入って来る亜乃音と万平。

るい子「ねえ、亜乃ねえちゃん」

亜乃音「（え、と）……」

るい子「（万平に気付いて）あ、ごめんなさい、お客様？」

亜乃音「（ぽかんと）……」

舵・るい子「（亜乃音にウインクして、芝居をして、と）」

亜乃音「……（頷き）えっと、花房先生」
るい子「あ、（万平に）姉がいつもお世話になっています」
万平「（亜乃音に向かって、驚いた口調で）え！　妹さん？　妹さん、いらしたんですか！」
亜乃音「（わざとらしく感じながら）ええ……」
万平「（るい子に）こちらこそお世話になってます。花房です」
るい子「（舵を）夫です」
舵「（るい子の腰に手を回し）はじめまして」
　嘘っぽい笑顔で向き合っている舵、るい子、万平。
亜乃音「（そんな三人の芝居に困惑し）……」
　るい子、こっそりとハリカに合図を送る。
　ハリカ、緊張しながらも出て行って。
ハリカ「ねー、ママー」
るい子「ハリカ、叔母さんのお客様いらしてるの」
ハリカ「あ、ごめーん」
亜乃音「……」
舵「娘のハリカです」
ハリカ「娘のハリカです」
万平「えー、こんなに大きな娘さんいらっしゃるんですね！」
るい子「大学生です」
ハリカ「文学部です」
亜乃音「……」
万平「へー、あーそー！」

ハリカ「テニスサークルです」
亜乃音「……」
万平「あー、パパとママそっくりだ」
三人並んで、半笑いのハリカ、舵、るい子。
亜乃音「(無理があると思って)……」
万平「(亜乃音に) いいんですか? ご家族お揃いのところにお邪魔してしまって」
亜乃音「ええ……」

× × ×

台所に立ち、魚をさばき、刺身を盛っている万平。
手伝っている亜乃音。
食卓で待っているハリカ、舵、るい子。
万平「すぐ出来ますから、飲んでて」
るい子「はい」
万平「持本さん、ご自宅はどちらなんですか?」
舵「馬込(まごめ)です」 るい子「駒込(こまごめ)です」
舵「駒込です」 るい子「馬込です」
まずい、という顔をする舵とるい子。
万平「(聞かなかったことにし) そうですかー、亜乃音さん」
亜乃音「はい」
万平「家族っていいですね」
亜乃音「はい」

舵「ですよね、僕なんかずっと独り身だから尚更……（と、万平と目が合ってしまう）」

万平「……」

舵「……」

二人共、どうすればいいのかわからない。

るい子「ごめんね、わたし仕事で遅くなるからしょっちゅうひとりにさせちゃって」

舵「（安堵し）そうなんですよー」

万平「（安堵し）そうかー」

亜乃音「……（やれやれ、と）」

ハリカの声「亜乃音さんにとっては災難な出来事でしたが」

× × ×

亜乃音と万平を中心にし、お刺身を食べながらお酒を飲んでいる一同。

ハリカ、お茶を飲みながら、楽しく見ていて。

ハリカの声「先生はすごく面白い方で、いつの間にかみんなお芝居のことなんてすっかり忘れて打ち解けて」

万平「小春日和って、いつかご存知ですか？　実はこれ、秋の空のことなんですね。冬の季語で、旧暦でいうと、十月から十二月ですから……」

亜乃音がなんだか嬉しそうに万平の話を聞いている。

ハリカ、それを見て、へー、と思う。

万平に注がれてお酒を飲む亜乃音。

ハリカの声「先生と一緒にいる亜乃音さんはいつもの亜乃音さんと少し違っていました」

亜乃音「（万平に）先生、いつも口開けて寝てますよ」

万平「そう？　虫が入らないか見ててくださいね」
亜乃音「入ってたことありますから」

11　同・外（夜）

歩いて行く亜乃音と万平を、見送る舵とるい子。
ハリカの声「少し酔った先生をタクシーが拾えるところまで亜乃音さんが送って行きました」
舵「素敵な先生だったね、ママ」
るい子「ね、パパ」
二人、我に返って、照れる舵、苦笑するるい子。

12　同・二階の部屋

テーブルを拭いているハリカ、洗い物をしている舵とるい子。
亜乃音、布団袋を抱えてくる。
舵、るい子、感謝して頭を下げる。
亜乃音「まあ、また猫が増えたようなもんだから」
ハリカの声「そう言って亜乃音さんは、お布団をふたつリビングに敷いてあげました」

×　×　×

亜乃音の部屋。
布団を並べて寝ているハリカと亜乃音。
隣で寝る亜乃音を見て、照れたようなハリカ。
亜乃音、ハリカの布団を肩まで上げてあげる。

ハリカの声「わたしは亜乃音さんと一緒の部屋で寝ました」
並んで歯を磨いているハリカ、舵、るい子、亜乃音。
ハリカの声「次の日、四人で歯を磨きました」
彦星の声「良かったね」

日替わり、朝。

×　×　×

13　現在に戻って、とあるビル・屋上

ハリカ、スマホのアプリで彦星と話している。
ハリカの声「はい、青羽さんも持本さんも……」
彦星の声「違うよ、ハリカちゃんが。（優しく）良かったね」
ハリカ、彦星がそう言ってくれて、照れながら。
ハリカの声「あ、あと最近またバイトをはじめたのですが、そこでハシビロコウのポスターを見かけました」
彦星の声「残念ながら、僕の窓の外のハシビロコウはいなくなりました。今は、『二十四時間だけの花嫁』っていう、三月からはじまる映画のポスターになりました」
ハリカの声「へえ、どんな映画なのかな」
彦星の声「病気の主人公が最後に死ぬ映画のようです」
ハリカ、……。
ハリカの声「へえ」
彦星の声「ポスターを貼った人も、まさかもうすぐ死ぬ人に見られてるとは思わなかったでしょうね」

ハリカ、リュックからノートを取り出して。

ハリカの声「彦星くん。わたし、調べてみたんです」

開いたページはびっしりと書き込まれ、その中、重粒子線治療を行う病院の名称と所在地が記してある。

ハリカの声「病院のこととか、その費用のこととか」

彦星の声「前に話してた、重粒子線治療のこと？」

ハリカの声「はい。わたしね、彦星くんはいつか治ると思ってます。勿論そのために、お金のこととか」

彦星の声「すごくお金がかかるんだよ」

ハリカの声「うん。難しいことたくさんと思う。だけど彦星くんはいつかきっと……」

彦星の声「いつかっていつ？　何年？　何月？」

ハリカ、動揺して。

彦星の声「夜眠る時、目を閉じる時、もうこのまま目が覚めないいんじゃないかって思う」

14　病院の窓

揺れているカーテンの向こうの、彦星の影。

彦星の声「今日、あとで、三分後、三秒後、電球の寿命みたいに、いつ自分が消えても不思議じゃないんだ。明日の話なんか遠すぎる。いつかなんて、三億年先の話と同じ」

15　とあるビル・屋上

彦星の言葉にショックを受けているハリカ。

彦星の声「ごめん、意地悪言っちゃった」
ハリカ、首を振る。
彦星の声「僕の話は面白くないね。きっと映画にもならない」
ハリカ、首を振る。
彦星の声「だからね、ハリカちゃんの楽しい話を聞くのが、今の僕の一番の楽しみなんです」
ハリカの声「わたし、何もしてない」
彦星の声「君は今頃何してるかなって想像するだけで、まるで自分が体験してるような気持ちになれるんです。君の冒険は、僕の心の冒険です。僕も、亜乃音さん、持本さん、青羽さんのことが好きになりました。明日の話やいつかの話はもうナシにしてください」
ハリカ、複雑だが、彦星の思いを受け止めて。
ハリカの声「はい」
彦星を思って、苦しいハリカ。

１６　林田印刷所近くの歩道橋

仕事帰りの亜乃音、歩いて来ると、欄干に凭れ、淋しげに何かを見つめているハリカの姿があった。
亜乃音、歩み寄って、隣に立って。
亜乃音「宿題忘れた子供みたいな顔しちゃって。どうしたの?」
ハリカ「(薄く苦笑して)何でもない」
亜乃音、そんなことないと思いながら、ふと見ると、ハリカが見ていたのはキャバクラの求人募集の広告入りポケットティッシュ。
亜乃音「(じっと見る)」

ハリカ「うん？　駅で貰ったの」
亜乃音「ふーん」
　工場に向かって歩き出す。
亜乃音「……うん？」
ハリカ「うん？」
亜乃音「そこで働こうと思ってるの？」
ハリカ「こういうのってどれぐらいお金貰えるの？」
亜乃音「時給、二千円とか」
ハリカ「二千円かあ……（と、落胆）」
亜乃音「あなた、ほんとお金好きね。どうして？　何に使うの？」
ハリカ「（首を傾げ、答えない）」
　ハリカ、彦星のことを思っていて。
ハリカの声「本日の冒険」

17　林田印刷所・二階の部屋（日替わり）

　ハリカ、るい子、亜乃音、昼ご飯を食べていると、買い物袋を抱えた舵が帰って来た。

ハリカの声「持本さんが、これ三百円だったんですと言って、パジャマを買ってきました。ところが何故かそれは蟬の模様で。しかも全面に無数に、しかも実写で」

　全身が蟬の柄のパジャマを着ている舵とるい子。

　えー、と顔を歪めて見ているハリカと亜乃音。

ハリカの声「絶対悪い夢を見そうだったので、青羽さんが雑巾にするアイデアを考えたのですが」

　るい子、ミシンで縫って蟬の柄の雑巾になった。

触れない四人、上から新聞を被せる。

ハリカの声「もっとリアルな結果を迎えてしまいました」

彦星の声「笑いすぎて、看護師さんが来てしまいました」

×　×　×

日替わり。

食事しているハリカ、舵、るい子、亜乃音。

ハリカの声「本日の冒険。青羽さんがちょっと風邪を引きました。クシャミが出るようになったのですが」

クシャミをするるい子。

ハリカ、舵、亜乃音、え？　とるい子を見る。

るい子「失礼」

亜乃音「あなた、かわいいクシャミするのね」

るい子「何言ってるんですか」

ハリカ・舵「かわいかった」

るい子「やめてください……（と、またクシャミ）」

ハリカ・舵・亜乃音「（顔を見合わせて）かわいー」

ハリカの声「青羽さんのクシャミの可愛さはシロクマの赤ちゃんに匹敵する。そう言って」

ハリカ、舵、亜乃音、るい子のクシャミを、スマホで動画を撮ろうとまでしている。

るい子、クシャミを我慢して、トイレに逃げ込む。

ドアに耳を付けて聞くハリカ、舵、亜乃音。

ハリカの声「個人情報なので動画は送れませんが、音声でお楽しみください」

るい子のクシャミの音。

彦星の声「かわいいー」

18　商店の前（日替わり）

買い物途中のハリカと亜乃音。

ハリカの声「本日の冒険。亜乃音さんと買い物に行ったら、向こうから知り合いが歩いて来たので亜乃音さん、あー、久しぶりーと手を挙げたものの」

近付く双方。

ハリカの声「近付いてみたら、まったく知らない人で」

恐縮してすれ違う亜乃音、クスクス笑うハリカ。

ハリカの声「そのまま、何もなかったかのように通り過ぎました。そしてさらに」

知り合いの女性と会って、話す亜乃音。

ハリカの声「今度は本当の知り合いとあったのですが。その人が会話の端々に使う」

女性「もうやばすぎてやばいの」

ハリカの声「という言葉が、わたしと亜乃音さんのツボに入ってしまって」

笑いを堪(こら)えるハリカ。

亜乃音、ハリカを肘で突くものの、自分も笑いそう。

女性「やばすぎてやばかった」

必死に堪えるハリカと亜乃音、思わず背を向ける。

ハリカの声「やばすぎてやばかったんです」

19　林田印刷所・二階の部屋（夜）

布団の中、スマホで彦星と話していたハリカ。
ハリカ、一生懸命彦星を励ます思いで打っていて。

ハリカの声「それでね、あのね……」
ふいに彦星のモンスターが消えて、カノンさんはログアウトしましたと表示される。
ハリカ、あれ、と。

ハリカの声「おーい」
現れない。

ハリカの声「おーい」
ハリカ、心配していると、歯を磨きながら亜乃音が入って来て、電球を見て。

亜乃音「この電球消えそう。（ハリカに）やばすぎてやばい」

ハリカ「（微笑って応えながら）……」

亜乃音「（その表情に）うん？（スマホを見て）充電？」

ハリカ「ううん。亜乃音さん、こっちもうあったたまったから」
足下の電気あんかを亜乃音の布団に移す。

亜乃音「（本当に大丈夫なのかな、と思いながら）ありがとう」

20　病院が見える通り（日替わり、朝）

歩いて来るハリカ、病院の窓を見る。
彦星の病室の窓は閉めきられていた。
ハリカ、スマホを見ると、画面の中、ハリカのモンスターだけで、彦星のモンスターはいない。

どうしたんだろう、と不安が生まれる。

21 林田印刷所・工場内

求人情報誌に目を通し、チェックしている舵とるい子。

舵、ふと印刷機を見て。

舵「この機械で一万円札刷ってたんですよね」

るい子「そこのね、そこから、だーっだーっだーっだーって、それはもうすさまじかったよ、あっという間に一千万」

舵「へえ」

るい子「ちょっとしたね、神になった気分を味わえましたね」

舵「(印刷機を見つめ)勿体(もったい)ないですよね、使わないの」

るい子「あなた何考えてんの。無理だよ、ここで出来るのはひと目で偽札ってわかるものしか」

舵「わかってます、違いますよ、ただ、仕事として印刷屋さんやるのもあるんじゃないかなって」

るい子「(苦笑し)猫に餌あげるの忘れてた」

るい子、二階に上がって行く。

舵、棚の上にある印刷機のマニュアル類を手にし、ぱらぱらっとめくってみる。

舵「(さっぱりよくわからない)……」

棚に戻そうとして、落としてしまう。

舵、目眩がし、足下がふらつき、そのまま床にしゃがみ込んでしまう。

床に倒れてしまいそうになった時、ふっと誰かが手を貸してくれた。

見ると、理市である。

理市、舵に肩を貸し、ソファーに座らせ、バッグからペットボトルの水を出し、舵の口元に持

って いく。

舵「(飲んで) すいません……」

理市「(二階の方を見る)」

舵「大丈夫です、何でもないんです。(理市を見て) えっと」

理市「中世古と申します。ここの従業員だった者です」

舵「あ、そうですか。亜乃音さん、今出かけてらして、あ、自分今、わけあってこちらでお世話になってまして」

理市「そうですか」

舵「へー、ここで働いてらしたんですか。じゃ、印刷関係、この機械とかお詳しいんですか?」

理市「まあ」

舵「へー、やっぱ手に職がある人はすごいですね。僕なんか、人から褒められたの、骨密度ぐらいで」

× × ×

餌をあげ終えたるい子、降りてくると、舵と理市が印刷機を前にして話しており。

舵「あー、ここからインクを……」

理市「はい」

舵「ふーん。いや僕はね、何て言うか、今更な年齢ですけど、何か作ってみたいんですよね、何かしら残り続けるものを……(るい子に気付き) あ」

るい子「(理市を見て、誰? と)」

舵「中世古さん。前にここで働いてらしたって」

るい子「そうですか (と、会釈)」

理市「(るい子に) 以前、一度お見かけしました。確か発砲事件の犯人が自殺した日だったかな」

るい子「（内心どきっとしながらも）そうでしたっけ」
　印刷機を見つめている舵。

22　とあるビル・搬入口あたり

　作業着のハリカ、清掃業者の山木と話していて。
ハリカ「何か時給の高い仕事ありませんか？」
山木「（笑って）こっちが聞きたいよ」
　その時、頭上の電球がぱちんと切れた。
ハリカ「（はっ！　と声が漏れるほど驚いて）」
山木「どうしたの？」
ハリカ「ごめんなさい……」

23　病院が見える通り（夕方）

　走って来るハリカ、病院の窓を見る。
　窓が開いており、カーテンが揺れている。
　ハリカ、期待して身を乗り出す。
　ベッドに、誰もいない。
　ハリカ、え、となって、目を逸らすように下を向く。
　もう一度ゆっくりと顔を上げ、見る。
　彦星はいない。
　看護師が床に掃除機をかけている。
　ハリカ、……。

ハリカ、駆け出す。

24　病院・受け付け

走って来るハリカ、受け付けに行く。
受け付けの女性が対応する。

受け付け「はい」
ハリカ、息を切らし、動揺もあって、声が出ない。

受け付け「何でしょう?」
ハリカ、ようやく絞り出す。

ハリカ「紙野彦星くんはどこにいますか」

25　林田印刷所・二階の部屋（夜）

帰って来た亜乃音、台所で晩ご飯の準備をしている舵とるい子に。

亜乃音「まだ帰ってない?」

舵「はい」

亜乃音「電話してみようかな（と、スマホを手にして）」

26　病院・ナースステーション前

ハリカ、歩いていると、看護師Aと元気そうな患者の女性が話していて。

看護師A「紙野くんね、今集中治療室」
ハリカ、え、と。

患者「肺炎?」

看護師A「うん、熱出して、呼吸不全なって」

ハリカ、……。

患者「あらー」

看護師A「まあ、やっぱり体力落ちてて」

看護師Bが来て。

看護師B「あれ、紙野くんのお父さん、帰っちゃった?」

看護師A「お父さんなんか来てた?」

患者「さっき帰ってたよ、あれでしょ、なんかダウンジャケット、顎まで着てる人(と、半笑いで)」

看護師B「(苦笑し)一年前から予約してたレストランだから、行かなきゃいけないんだって」

患者「あー、一年前じゃ悩むよね、ICUじゃどうせ会えないんだし、弟さんも中学校受験あるみたいだし」

看護師A「柴田(しばた)さん、詳しいね……(ハリカに気付き)はい?」

ハリカ、会釈して、逃げるようにその場を離れる。

27 同・外

ハリカ、外に出て来ると、車寄せあたりに車が駐められており、ダウンジャケットを口元まで着た男の姿があって、助手席の妻らしき女性に向かって話しかけている(双方共にあまり顔が見えない)。

男「どっちみち会えないから」

女「あの子の分も美味しいもの食べてあげましょ」

男「そうだな」

男が運転席に乗り込む。

ハリカ、ふと見ると、後部座席に眼鏡をかけた六年生の男子が窓からハリカのことをなんとなく見ている。

動きだし、走り去った車。

ハリカ「……待って」

ハリカ、思わず車を追って走る。

ハリカ「待って……待って」

しかしあっという間に車は行ってしまった。

ハリカ「（悲痛な思いで）……」

28　林田印刷所・二階の部屋

スマホでかけている亜乃音。

相手は出ず、切って、……。

台所で揚げ物の支度をしていた舵とるい子、心配した様子で来て。

舵「出ませんか」

舵もるい子も両手がパン粉と卵まみれだ。

亜乃音、上着を着はじめて。

亜乃音「ちょっと行ってくる。アルバイト先は聞いてるから」

舵「僕らも一緒に……」

亜乃音「（首を振り）多分わたしの気のせいだから」

と言って、出て行く。

舵とるい子、パン粉まみれの手を振って。

舵・るい子「いってらっしゃい」

29　同・駐車場

ワゴン車に乗り込んで出発する亜乃音。
走り出しかけて、止まった。
運転席の亜乃音、鳴っているスマホをバッグから慌てて取りだし、出る。

亜乃音「もしもし……！」
ハリカの声「あ、亜乃音さん？」
明るい声だ。
亜乃音「うん」
ハリカの声「電話もらってた」
亜乃音「うん、大丈夫」
ハリカの声「えっと、今日そっち行けないかも」
亜乃音「あ、そう」
ハリカの声「前の友達に会ってね。カラオケ行こうって言われて」
亜乃音「そう」
ハリカの声「歌ってきちゃうね」
亜乃音「うん」
ハリカの声「連絡遅くなって、ごめんね。また明日とか、そっち行くから。じゃあ……」
亜乃音「ハリカちゃん」
ハリカの声「うん？」
亜乃音「一個だけいいかな？」
ハリカの声「うん？」

亜乃音「今ハリカちゃん、そっち行けないかもとか、明日行くからとか言ったけど、ここはもう行くところじゃないからね、ここはもうハリカちゃんが帰るところだからね」

沈黙。

亜乃音「布団並べて寝てるでしょ。今度からは、行くじゃなくて、帰るって言いなさい。帰れない日は帰れないって言いなさい」

沈黙の後に。

ハリカの声「亜乃音さん。今日は帰れない」

亜乃音「うん……」

ハリカの声「帰れない」

震えている声。

亜乃音「(ハリカの思いを感じ) 今どこにいるの?」

また少しの沈黙の後に。

ハリカの声「病院 (と、声が詰まった)」

30 病院の見える通り

歩いて来る亜乃音。

病院に向かって、立っているハリカの後ろ姿がある。

亜乃音、歩み寄り、隣に立つ。

ハリカの視線の先を追うと、病院がある。

亜乃音「(状況を推し量りながら) ……また宿題忘れちゃった?」

ハリカ「(照れたように薄く微笑って)」

亜乃音、ハリカの手に触れて、その冷たさに驚いて、思わず両手でさすってあげて。

亜乃音「手袋どうしたの？」

ハリカ「バイト先に忘れちゃった」

ハリカは明るくしている。

亜乃音「わかるところに置いてあるの？」

ハリカ「うん」

亜乃音「そう（と、病院を見る）」

ハリカ「違うの違うの。ここね、いなくていいの。本当は、わたし、ここいてもあんまり関係ないの」

亜乃音「（ハリカの思いを推し量りながら）そうなの？」

ハリカ「わたしがここにいても、いなくても、別にね、本当は何にも関係ないの。何にもすることないっていうか」

亜乃音「そう」

ハリカ「どうしようかな、帰ろうかな」

亜乃音「（病院を見て）あそこに誰がいるの？」

ハリカ、微笑みながら話す。

ハリカ「……うん。まあ。昔の、昔の友達」

亜乃音「そう」

ハリカ「ちょっと、わたしに似てる人」

亜乃音「そう」

ハリカ「似てるんだよね。久しぶりに会って、会ってないけど、会ってはいないんだけど、まあ、そういう、人かな」

亜乃音「そう」

ハリカ「彦星くん、っていうの」

亜乃音「（頷く）」
ハリカ「うん」
亜乃音「そう。じゃあ、いてあげなきゃね」
ハリカ「（首を傾げ、苦笑気味に）ううん、どうかな」
亜乃音「大事な人なんでしょ」
ハリカ「……大事な人？　大事な人だったら、こんなところにいないよねー。傍にいるよねー」
ハリカ、心が揺れるが、隠そうとしていて。
ハリカ「彦星くんのね、お父さんとお母さんも今病院にいないんだよ。レストランでご飯食べてる」
亜乃音「……うん」
ハリカ「わたしと、一緒なんだよね。わたしも、彦星くんが苦しんでる時に、笑ってた。熱出してる時に、ご飯食べてた」
亜乃音「（頷く）」
ハリカ「わたしは病院の人じゃないから治してあげられないし。お金持ちじゃないからいい病院にも連れて行ってあげられないし。何にもしてあげられないのは一緒だから。彦星くんを助けてあげられないのは一緒だから。わたしはレストランでご飯食べてる人とおんなじ。いてもいなくても、おんなじ。全然大事にしてない」
亜乃音「……」
ハリカ「（微笑って）それだからね、今帰ろうと思ってたんだよ。ごめんごめん。亜乃音さん、帰ろう」
ハリカ、立ち去ろうとする。
ハリカ「ねえ早く、行こ。ここ、いてもしょうがないから……」
ハリカ、行こうとするのを、亜乃音、腕を摑んで。

亜乃音「（首を振り）ここにいなさい」
ハリカ「いても……」
亜乃音「いなさい」
ハリカ「寒いし、手袋忘れちゃったし……」
亜乃音「ここ離れちゃ駄目」
ハリカ「……」
亜乃音、ハリカを病院に向かって立たせる。
亜乃音「何もできなくていいの。その人を思うだけでいいの。その人を思いながら、ここにいなさい」
亜乃音、ハリカを残し、立ち去っていく。
ハリカ「……（顔を上げ、病院を見つめる）」

31　通り

戻って来た亜乃音、駐めてあったワゴンに乗り込む。

32　病院の見える通り

ハリカ、病院を見つめている。
彦星を思う。
子供の頃のハリカの声が重なって。
子供の頃のハリカの声「彦星くん！」

33　回想

森のツリーハウスを脱走し、走る子供の頃のハリカと彦星。

風力発電の見える道路を走って行く二人。

34 **病院の見える通り**

ハリカ、病院を見つめている。

35 **回想**

風力発電の見える道路を手を繋いで歩く子供の頃のハリカと彦星。

36 **病院の見える通り**

ハリカ、病院を見つめている。

37 **回想**

防波堤に立って、流れ星を見ている子供の頃のハリカと彦星。

38 **病院の見える通り（早朝）**

ハリカ、病院を見つめている。
その時、いつもの彦星の部屋の窓の明かりが点いた。
どきどきし、願うように見つめる。
カーテンが少し開いた。
開けたのは、点滴台を持った彦星だ。
ハリカ、！　と。
彦星、空を見上げて、看護師に声をかけられて、またカーテンを閉めた。

ほんの一瞬のことで、まだぼんやりしているハリカ。

39 **通り**

まだワゴン車が駐まっており、亜乃音が乗らずにその傍らに立っている。
向こうからハリカが歩いて来るのが見えた。
ハリカも気付き、こっちに来た。

亜乃音「(問いかけて、見つめる)」
ハリカ「亜乃音さん」
亜乃音「(頷く)」
ハリカ「彦星くん、起きたよ」
亜乃音「……！」
ハリカ「彦星くん、目、覚ましたよ」
泣き笑いするハリカ。
亜乃音「そう(と、繰り返し、頷き)」
ハリカ、亜乃音の胸によりかかる。
亜乃音、ハリカの肩を優しく抱く。
ハリカ「(安堵して顔を上げて、微笑って)」
亜乃音「(微笑み返して、ハリカを間近に見て)あなた、ちょっと前髪長過ぎじゃないの？」

40 **林田印刷所・二階の部屋**

ハリカと亜乃音、入って来ると。
舵とるい子、昨夜とまったく同じたたずまいで、ごくごく平常通りの様子で作業しながら。

るい子「あ、おかえりなさい」　舵「おかえりなさい」
ハリカ「(嬉しく) ただいま」

×　×　×

食卓に並んでいる、とんかつとご飯とみそ汁。
亜乃音「とんかつ」
舵「ま、夜ご飯が朝ご飯にスライドしたんで」
四人、手を合わせて。
四人「いただきます」

×　×　×

食事している四人。
ハリカ、まるで子供のように無邪気に話している。
ハリカ「お肉屋さんのね、旗あるでしょ？　大売り出しの。道のこっちと向こうとその向こうまで、わーって並んでて。風がね、吹いたらね、それがいっぺんに、バタバタバタバタってなるの、はためいて、鳥みたいに……」

×　×　×

話し続けているハリカ。
ハリカ「鉄のさ、お盆があるでしょ？　ウエイトレスさんの。あれを二つ貰ったの。それがね、わたしのシンバルだったんだよ。リコーダーは好きじゃなくて、シンバルが大好きだったから、それで、ジャーンってしてたら……」

×××

ごみ袋に穴を開けて頭から被っているハリカ。
前髪を切ってあげている亜乃音。
ウトウトしているハリカ、眠ってしまった。
洗い物をしていた舵とるい子、来て、微笑う。

亜乃音「（二人に）寝ちゃった」
ハリカが持ったままの手鏡を取ってあげるるい子。

るい子「わたしもこの頃からそうでした」
亜乃音「うん？」
るい子「生きることに必死で、ばたばたしてばっかりで。大人になったら変わるかなって思ってたけど、相変わらずばたばたばたばたばた。生きるのは難しいです」
舵「思い残すこととか欲しいですよね。思い残すことがあるって、それが生きる意味なのかなあって」
るい子「あー」
舵「あとできれば、普通に、人から褒められたいですね」
亜乃音「焼きうどん、美味しかったですよ」
舵「（苦笑し）焼きうどんですか、僕の生きる意味って」
亜乃音「生きなくたっていいじゃない。暮らせば。暮らしましょうよ」
舵、るい子、届くものがあって、なんか照れて。

るい子「布団敷いてあげましょうか」
舵「持って来ますね」

亜乃音「（眠るハリカを見つめて）」

×　×　×

昼過ぎ、眠っていたハリカ、目を覚ます。
寝ちゃった、と髪をかきあげると、前髪が短い。
なんか恥ずかしい。
見ると、枕元にスマホが置いてある。
手にし、ゲームアプリにログインする。
枯れ木の下に行くと、彦星のモンスターがいた。
ハリカ、あ……、と。

彦星の声「こんにちは、ハリカちゃん」
ハリカ、嬉しさが込み上げながらも。
ハリカの声「こんにちは、彦星くん」
彦星の声「元気ですか」
ハリカの声「はい。元気です。彦星くんは？」
彦星の声「さっきお昼ご飯をお代わりしました。元気です」
ハリカ、良かった、と感慨深く感じながら。
ハリカの声「そうですか」
彦星の声「その前はずっと寝てました。結構長く寝て、たくさん夢を見ました」
ハリカの声「どんな夢ですか」
彦星の声「外に出て、パン屋さんに行く夢です」
ハリカの声「へえ。どんなパン屋さんですか」

彦星の声「月の出ていない夜しか開いていないパン屋さんで」

41　彦星の夢

暗い中、一軒のパン屋の明かりだけが点いている。
店に入って行く彦星（顔はよく見えない）。
彦星、商品を選んでいく。

彦星の声「僕はその店でトングとトレイを持って、ぶどうパンとピーナッツクリームパンと林檎ジュースを取って、レジに行きました。レジにはエプロンをして、ベレー帽をかぶったハリカちゃんがいて」

レジにエプロンをしてベレー帽をかぶったハリカが立っている。

彦星の声「ハリカちゃんは、ぶどうパンおひとつ、ピーナッツおひとつ、と声に出してレジを打ちました。お金を払うと、ポイントカードはお持ちですか？　と聞きました。お作りしますか。はいと答えると、ハリカちゃんはレジの横の箱からポイントカードを出し、ポン、ポン、ポンと三個パンの形のスタンプを押してくれました。ありがとうございました。ハリカちゃんの声を聞きながら僕は店を出ました」

店の外に出た彦星、ポイントカードを開くと、たくさんの枡目のはじめの三つにスタンプが押してある。

彦星の声「外に出た僕はそのポイントカードを見ながら、また明日もこのパン屋さんでパンを買おうと思いました」

歩いて行く彦星の後ろ姿。

彦星の声「夢の中とはいえ、明日のことを考えたのは、すごくすごく久しぶりのことでした」

42　林田印刷所・二階の部屋

ハリカ、スマホで彦星と話している。

彦星の声「そのことが目が覚めた今も離れなくて。それからずっと、明日のことを考えるクセが付いてしまいました。僕はポイントカードを溜めたくなってしまいました」

ハリカの目が涙で潤む。

彦星の声「そのうち僕も、いつかって日を信じるようになるのかもしれません。その時、僕は、それはすごく怖いことなんだけど、生きていたいって思ってるのかなって。ううん、生きたいのかな。もうとっくに。今はまだ会えないけど、会いたいのかな、ハリカちゃんに会いたいのかな。もうとっくに」

ハリカ、無造作に涙を拭いながら。

ハリカの声「会いたい」

彦星の声「はい、いつか」

ハリカの声「わたし、彦星くんに会って。もう一度流れ星が見たい。前はおぼえてなかったから。今度はちゃんとおぼえておきたい」

彦星の声「はい、いつか。いつかハリカちゃんに会える日を思いながら、これから毎晩目を閉じることにします」

ハリカの声「はい。わたしもそうします」

43　同・工場内

印刷機の前で話している舵、るい子、亜乃音。

亜乃音「今から印刷屋さんになるの？」

舵「出来なかったら出来なかったでいいんです。せっかくこんな立派な機械あるし」
亜乃音「じゃあ、中世古くんに聞いてみようか?」
舵「あの人に教えてもらえるなら最高です」
良かったじゃないと舵の肩を叩くるい子。
舵「(嬉しそうに印刷機を見つめて)……」

44　理市の自宅アパート・室内

理市、スマホで話していて。

理市「わかりました。今晩伺います。はい」

切って、ベビー服をまた畳みはじめる。

結季、ほ乳瓶を冷ましながら来て、理市の傍らにある雑誌のグラビアページに目が留まる。

高層ビルの上層階の窓に立って、ポーズを取っている三十代の経営者の男。

ネットによるアパレル通販業で年商四百億円を生み出す男として紹介されている。

結季「もういいんじゃない?　そういうの見なくて」

黙々と畳んでいる理市。

結季「わたし、この会社を作って、ＩＴ長者なんて言われてた時のりーくんと、今のお弁当屋さんのりーくんと、好きな気持ち、全然変わってないよ」

黙々と畳んでいる理市。

結季「騙されて裏切られて、何にも無くなったって言うけどさ、わたしは残ったじゃん。彩月も生まれたじゃん」

理市「わかってるよ。感謝してる」

結季「わたしはお弁当屋さんの奥さんで十分」

と言って、奥に行く。
畳み続ける理市。

45　林田印刷所・二階の部屋（夜）

鍋を、テーブルの上のコンロに向かって運んでいる舵。
舵「あつっ、あつあつあつあつあつあつ」
通り道を次々避けるハリカ、るい子、亜乃音。
舵、鍋をコンロに置いて。
舵「よくボクサーと空手、どっちが強いとか言うじゃないですか。絶対鍋持ってる人が一番強いです
よね」
るい子「か、焚き火やってる人だね」
亜乃音「美味しそうだね」
ハリカ「鍋、はじめて」
るい子「え、本気で言ってる？」
ハリカ「はじめて」
亜乃音「あ、そう」
舵、皿に盛ったみかんを持って来て。
舵「最高の鍋作りますね」
舵、鍋の蓋を開け、みかんを入れようとする。
るい子・亜乃音「え？」
舵「はい？」
るい子「何してるの」

舵「みかん鍋にしようと思って」
るい子「みかん鍋？」
舵「美味しいんですよ」
亜乃音「美味しくないでしょ」
るい子「仮に美味しかったとしても、ファーストキスはどこでする？」
舵「はい？」
るい子「ファーストキスが大西洋を渡る豪華客船の突端だったら、怖さが先に立って、キスのことはおぼえてないでしょ？」
舵「はい？」
るい子「ハリカちゃんは生まれてはじめての鍋なんだよ。はじめてがみかん鍋ってことはないでしょ、はじめての鍋は校舎裏でいいの、階段の踊り場でいいの。過剰なロマンはいらないの。（亜乃音に）ですよね」
亜乃音「（頷き）美味しくないでしょ」
るい子「みかん撤収ー」
るい子と亜乃音、みかんを持って行く。
舵、あーあと思って、鍋ぶたを閉めようとして、布巾を手にすると、蟬の図柄の布巾で。
ハリカ「持本さん（と、蟬を指摘）」
舵「（気付き、悲鳴）」

46　同・外〜工場内

雨が降っている。
亜乃音の傘をさし、紙袋を提げ、工場の出入り口の前でひっそり佇んでいる理市。

ドアが開いて、顔を出す亜乃音。

亜乃音「雨ん中ありがとうね。入って」

理市、傘を畳みながら入って来る。

亜乃音、その傘を見て、え、と。

理市、淡々と傘を畳み、壁に立てかける。

亜乃音「その傘って」

理市「はい？」

亜乃音「ううん、わたし、同じの持ってて」

理市「そうですか」

亜乃音「（偶然か、と思って）寒いでしょ、上」

47　同・二階

亜乃音に連れられて、入って来た理市、会釈する。

ハリカ、舵、るい子、鍋周辺にいて、口々にこんばんはと挨拶して。

ハリカ「ここどうぞ」

舵「ビールでいいですか？」

しかし理市は座らず。

理市「あの。あ、ちょっとお話があって」

四人、え、と。

亜乃音「あ、先に？　一緒に食事しながらじゃ……」

理市は座らない。

亜乃音「（舵に）じゃあ、先にお仕事のこと」

舵「はい、すいません、（ハリカに、ごめんね、と）」

ハリカ「（ううん、と）」

鍋をコンロごと引き上げて、場を開ける。

舵「（理市に席を示し）どうぞどうぞ」

理市、座って、舵、向かいに座る。

ハリカ、るい子、亜乃音も座る。

理市、財布を取り出して。

理市「えーっと、今日は……」

台所で、流しの調理道具が崩れて、がちゃんと物音。

舵「あ、すいません。あ、どうぞ」

理市「（みんなに）説明させていただきます」

理市、財布から一万円札を素早く五枚出し、カジノのディーラーかマジシャンがカードを配るように四人と自分の前に置く。

四人、え、と。

理市、カードのように一万円札を指先で摑み、話しはじめる。

理市「この一万円札は、E券と呼ばれています。ABCDEのE。最初の一万円札が発行されてからの、その五番目のバージョンということです。紙幣には敵がいて、戦うために常にアップデートされてきました。紙幣の敵。偽札のことです」

ぽかんとしている四人。

亜乃音「中世古くん」

理市「（構わず続け）E券には偽造防止のため様々な工夫がされています。まずこの図案、色彩そのものです。パールインクという特殊なインクを使用していて、肉眼では確認できないマイクロ文字も隠されてます。再現するには１２００ｄｐｉ以上の印刷機が必要です。でもまあ、この工場の設備があれば、Ｅ券の図案、色彩を再現することは可能です。ご存知のように（と、亜乃音を見る）」

亜乃音「（動揺し）……」

理市「日本の紙幣は世界一偽造が難しいと言われています。それは何か。何がＥ券の最大の武器か。三つあります。すかし。凹版印刷。ホログラム。（丸を付け）すかしには、黒すかしと白すかしというのがあって、黒すかしは紙幣の印刷以外での使用を法律で禁止されてます。（丸を付け）凹版印刷。指先の感触で識別できるように、インクで厚みを付けています。日本に存在する凹版印刷機はすべて警察の監視下にあると言われています」

理市、胸ポケットから出した赤いサインペンで一万円札の各所に印を書き込みながら説明する。

四人はつい自分の手元の一万円札を確認してしまう。

呆然と聞いているハリカ、るい子、亜乃音。

そんな中、驚きながらも身を乗り出している舵。

理市「この二点に関しては民間の技術では……」

亜乃音「中世古くん、もうやめましょう」

理市「もうすぐ終わります」

亜乃音「今日はそんな話をしてもらうために……」

理市「亡くなられたご主人にも関わるお話です」

亜乃音「（え、と）……」

理市「つい一年前まで、僕とご主人は二人で、偽札の製造に取り組んでました」

亜乃音、！　と。

理市「ご主人が亡くなったあとも、僕はもうひとつの観点から偽札に向き合ってきました」

理市、紙袋から識別機を取り出し、置いて。

理市「偽札には二種類あります。人の目を騙す偽札と、機械の目を騙す偽札。僕が取り組んできたのは、自動販売機、両替機、銀行のＡＴＭ、これを突破するためのものです」

理市、また財布から一万円札を出す。

あの上限両端が白紙の偽一万円札だ。

理市「紙幣の識別機は磁気、赤外線、光のセンサーでデータを読み取っています。紙幣のどこの何を読み取っているのかを解析すれば、機械は騙せる。（識別機を示し）これは自販機に内蔵されている識別機のひとつです」

理市、偽一万円札を識別機に通す。

緑のランプが灯り、反対側から出て来た。

四人、……。

理市「自販機だけじゃありません。銀行のＡＴＭだって解析できれば、今と同じことが可能だ」

理市、亜乃音を、るい子を、舵を、ハリカを見て。

理市「今日ここにお邪魔したのは、みなさんに、この偽札の製造に協力していただくためです。一億円、十億円、百億円、この工場で大量生産する。僕とみなさんの手で、一万円札は作れるんです」

その瞬間、頭上の電球がばちっと鳴って切れた。

第5話終わり

【番組制作主要スタッフ】

脚本：坂元裕二
演出：水田伸生
音楽：三宅一徳
撮影：中山光一
照明：三善章誉
プロデューサー：次屋尚
チーフプロデューサー：西憲彦
制作：日本テレビ

坂元裕二（さかもと・ゆうじ）
脚本家。主な作品に、日本テレビ系「Mother」（第19回橋田賞）「Woman」（日本民間放送連盟賞最優秀）、フジテレビ系「東京ラブストーリー」「わたしたちの教科書」（第26回向田邦子賞）「それでも、生きてゆく」（芸術選奨新人賞）「最高の離婚」（日本民間放送連盟賞最優秀）「問題のあるレストラン」「いつかこの恋を思い出してきっと泣いてしまう」、TBS系「カルテット」など。

anone（あのね） 1

二〇一八年二月一八日　初版印刷
二〇一八年二月二八日　初版発行

著　者　坂元裕二
発行者　小野寺優
発行所　株式会社　河出書房新社
東京都渋谷区千駄ヶ谷二-三二-二
電話　〇三-三四〇四-一二〇一［営業］
　　　〇三-三四〇四-八六一一［編集］
http://www.kawade.co.jp/
組版　株式会社キャップス
印刷・製本　三松堂株式会社

Printed in Japan　ISBN 978-4-309-02649-7

坂元裕二の本

単行本

カルテット　1・2

「人生には三つ坂があるんですって。上り坂。下り坂。まさか」

それぞれが偶然を装って出会い、カルテットを形成した30代の男女4人。軽井沢でひと冬の共同生活をおくることになった彼らは、実は誰にも言えない大きな秘密を抱えていて——。

いつかこの恋を思い出してきっと泣いてしまう　1・2

「時に人生は厳しいけど、恋をしてる時は忘れられる」

幼い頃に母を亡くし、北海道で養父母に育てられた杉原音。ある日、盗まれた音の財布を手に東京から男が現れて——。東京を舞台に、苦しく切ない思いを抱えて生きる若者たちを描いたラブストーリー。

河出文庫

Mother　1・2

「あなたは捨てられたんじゃない。あなたが捨てるの」

母とその恋人に虐待を受ける小学一年生の怜南を“誘拐”し、彼女の母親になろうと決意した教師の奈緒。室蘭から東京に逃げ、幸せに暮らし始めた２人の逃避行のゆくえは——。

最高の離婚　1・2

「結婚って、人が自ら作った最もつらい病気だと思いますね」

３・11がきっかけで結婚した、趣味も性格も正反対の光生と結夏は、ケンカの勢いで離婚してしまう。その後も一緒に暮らしていた２人だったが、遂に結夏が出ていくことになってしまい——。

問題のあるレストラン　1・2

「女が幸せになれば、男の人だって幸せになれるのに」

セクハラ、モラハラの横行する会社だと知らずに転職し、どん底に突き落とされたたま子。彼らに戦いを挑もうと、男社会でポンコツ女のレッテルを貼られた６人の仲間とともに立ち上がる！